2015

KATHAKG

Né en 1909 à [...] fut [...]
[...] ses études [...] étranger pour [...] siècle.
[...] remarquable [...] encore beaucoup. Son premier roman,
[...] 1930 [...] fut récompensé par [...] prix littéraires.
Suivit [...] 1931, puis [...] 1939 où il obtint [...] le succès.
[...] et publia [...] beaucoup dans plus de trente pays [...] de
[...] se tourne au théâtre et écrit [...] pour le [...]
[...] communion éditeur en [...] 1949, [...] Malchrdge, [...] et Maint
[...] se tiens [...] le [...] mort.

ON NE VOYAIT QUE LE BONHEUR

Né en 1960 à Valenciennes, Grégoire Delacourt est publicitaire. On lui doit notamment de fameuses campagnes pour Cœur de Lion, EDF, Lutti, Apple ou encore Sephora. Son premier roman, *L'Écrivain de la famille*, a été récompensé par cinq prix littéraires dont le prix Marcel-Pagnol. *La Liste de mes envies*, best-seller international publié et traduit dans plus de trente pays, a été mis en scène au théâtre en 2013 et a fait l'objet d'une adaptation cinématographique en 2014 avec Mathilde Seigner et Marc Lavoine dans les rôles-titres.

GRÉGOIRE DELACOURT

On ne voyait que le bonheur

ROMAN

Postface inédite de l'auteur

JC LATTÈS

© Éditions Jean-Claude Lattès, 2014.
ISBN : 978-2-253-18286-3 – 1re publication LGF

Celui-ci est pour la fille assise sur la voiture.
Elle m'a fait voler jusqu'à Dumbo.

« Ne me secouez pas, je suis plein de larmes. »

Henri CALET, *Peau d'ours*.

Une vie, et j'étais bien placé pour le savoir, vaut entre trente et quarante mille euros.

Une vie ; le col enfin à dix centimètres, le souffle court, la naissance, le sang, les larmes, la joie, la douleur, le premier bain, les premières dents, les premiers pas ; les mots nouveaux, la chute de vélo, l'appareil dentaire, la peur du tétanos, les blagues, les cousins, les vacances, l'allergie aux poils de chats, les caprices, les sucreries, les caries, les mensonges déjà, les regards en coin, les rires, les émerveillements, la scarlatine, le corps dégingandé qui pousse de travers, les oreilles longtemps trop grandes, la mue, les érections, les potes, les filles, le tire-comédon, les trahisons, le bien qu'on fait, l'envie de changer le monde, de tuer les cons, tous les cons, les gueules de bois, la mousse à raser, les chagrins d'amour, l'amour, l'envie de mourir, le bac, la fac, Radiguet, les Stones, le rock, le trichlo, la curiosité, le premier boulot, la première paye, la bringue pour fêter ça, les fiançailles, les épousailles, la première tromperie, l'amour à nouveau, le besoin d'amour, la douceur qu'on suscite, l'opium de la petite tendresse, les souvenirs déjà, le temps qui file plus vite soudain, la tache sur le poumon droit, la douleur en urinant le matin, les caresses nouvelles, la peau, le grain de la peau, le grain de beauté suspect, les tremblements, les économies, la chaleur qu'on cherche, les projets pour après, quand ils seront grands, quand on sera à nouveau deux, les voyages, les océans bleus, les *blood and sand* au bar d'un hôtel au nom imprononçable, au Mexique ou ailleurs, un sourire, des draps frais, des parfums de propre, des retrouvailles, un sexe bien dur, de la pierre ; une vie.

Entre trente et quarante mille euros si vous vous faites écraser.

Vingt, vingt-cinq mille si vous êtes un enfant.

Un peu plus de cent mille si vous êtes dans un avion qui vous écrabouille avec deux cent vingt-sept autres vies.

Combien valurent les nôtres ?

PREMIÈRE PARTIE

Les Dossiers de l'écran avaient eu pour sujet l'affaire Lindbergh et nous en avions parlé à l'école. J'avais neuf ans. On nous avait raconté le kidnapping, le bébé de vingt mois, bouclé, potelé, la demande de rançon ; cinquante mille dollars, une fortune en 1932. Et puis l'effroi. L'argent avait été versé, le corps de Charles Augustus retrouvé, décomposition avancée, importante fracture du crâne. On avait attrapé le criminel, on l'avait électrocuté, et nous-mêmes n'en avions pas mené large en quittant l'école ce jour-là. Beaucoup d'entre nous étaient rentrés en courant ; moi aussi j'avais marché assez vite, regardant sans cesse dans mon dos, et j'étais arrivé pâle, tremblant, trempé ; mes sœurs s'étaient moquées : il est tombé dans l'eau, il est tombé dans l'eau, quel idiot. Elles avaient à peine cinq ans. Ma mère avait estimé mon état lamentable, puis écrasé sa cigarette menthol, sans précipitation, avec délectation même. Je m'étais jeté dans ses bras et elle avait eu un léger mouvement de recul. Ou de surprise. Nous n'étions pas une famille à câlins, nous n'avions pas les gestes caressants ni les mots tendres, dodus. Chez nous, les sentiments restaient à leur place ; à l'intérieur. Si on me kidnappait, lui avais-je demandé, frémissant, toi et papa vous donneriez votre argent ? Vous me sauveriez ? Ses yeux, deux billes incrédules, lumineuses soudain, s'étaient agrandis et puis elle avait souri, et comme son sourire était rare, il n'en avait été que plus beau. Ses doigts avaient repoussé une mèche de mes cheveux. Mon front était froid. Ma bouche bleue.

Bien sûr, Antoine, avait-elle murmuré. On donnerait notre vie pour toi. Toute notre vie.

Mon cœur s'était calmé.

Je n'ai jamais été kidnappé. Ils n'ont donc jamais donné leur vie pour moi. Et je n'ai pas été sauvé.

Une tuerie, je te dis. Trouvée sur Internet. J'ai eu les foies au début, genre parano. Genre on me filme, pour me faire chanter. Ou on me casse la gueule, on pique mon fric, ma montre, on pète mes dents. Grosse trouille. Et pourtant, j'approche de la quarantaine, comme toi, Antoine, je sais foutre des gnons, *maintenant*, si tu vois ce que je veux dire. Mais là, c'était pas pareil. Quand je suis arrivé, j'ai vraiment eu la pétoche. Digicode, petite entrée glauque. Odeur de bouffe, à onze heures du matin, escalier humide, comme dans un film à deux balles. C'était au quatrième. J'avais le cœur qui battait. Mes trente-huit balais, je les sentais arriver en courant. Faut que je me mette au sport, au vélo au moins. Paraît que c'est bon pour la tuyauterie. Mon cœur allait exploser. T'imagines la tête de Fabienne, devant mon cadavre. Qu'est-ce qu'il fout là ? Mais qu'est-ce que mon mari foutait là, à onze heures du matin, merde ! Dans un immeuble où il y a une pute au quatrième. J'ai ralenti un peu. Sur le palier du troisième, j'ai repris mon souffle. Doucement. Comme un vieux clébard qui se repose entre deux balles de tennis que t'envoies au loin, super-loin, pour le faire chier. J'aime pas les chiens, ça pue quand il pleut. Puis c'est vite vieux, un chien, ça métastase, faut le piquer. Bref. Au quatrième, il y a quatre portes, je sais pas laquelle c'est. Mais il y en a une qui est ouverte, qui s'entrouvre plutôt. J'avance doucement, prudemment, la pétoche toujours. Je pourrai jamais bander, je me dis. Elle est derrière la porte. Putain, elle est super-petite, elle ressemble que dalle à la photo sur Internet. Elle a un joli sourire quand même. C'est même pas un studio, juste une chambre, dans le noir presque, un plumard et c'est tout. Un ordi, une boîte de Kleenex. Je lui file les quatre-vingts euros, elle les compte et hop, elle les fait disparaître. Puis elle s'approche, ouvre mon falzar. Direct. Je regarde autour. Rien. Pas de petite lumière rouge de caméra. Rien. Juste une misère moite. En fait c'est une chance que Fabienne n'aime pas faire ces trucs-là. (Silence.) Parce que moi j'aime pas trop demander, ça fait vulgaire, je trouve. *Fais-moi une pipe.* C'est pas des mots d'amour ça. Fellation, non plus. Même quand c'est drôle, comme turlutte. Si, Antoine, c'est drôle « turlutte », mais c'est pas des mots d'amour. J'aime ma femme, c'est pas pour lui dire des saloperies. Alors la petite, c'est pour ça, pour mes mots qui restent coincés. Pour noyer ma forme de lâcheté. On est des impasses, nous les hommes, tu le sais bien. Pour quatre-vingts euros, on me fait une pipe d'enfer et je ne blesse pas Fabienne.

FFF a avalé sa dernière gorgée de bière, soupiré son plaisir minuscule, reposé son verre, délicatement, puis m'a regardé. Il a haussé les sourcils, ses yeux ont souri et il s'est levé.

Laisse, c'est pour moi, ai-je dit quand FFF a porté la main à sa poche.

Merci, Antoine. À demain.

Et je suis resté seul.

J'ai allumé une nouvelle cigarette, inspiré profondément. La fumée a brûlé ma bouche, ma poitrine ; un délicieux vertige. La serveuse s'est approchée, a débarrassé nos deux chopes vides. J'en ai commandé une autre. Je ne voulais pas rentrer, retrouver le vide de ma vie. Elle avait un beau visage, une belle bouche, un joli corps. La moitié de mon âge aussi. Mais je n'ai pas osé.

Mes parents avaient voulu un enfant pour très vite être une famille, c'est-à-dire un couple à qui on ne poserait pas de questions ; un enfant, pour mettre une certaine distance entre le monde et eux. Déjà.

De retour de la maternité, ma mère avait aussitôt repris le chemin de sa chambre où elle s'enfermait pour fumer des menthols et lire Sagan. Elle avait rapidement retrouvé la silhouette légère de l'écrivain, cette grâce des vingt ans. Et lorsqu'elle sortait parfois, pour l'achat de quelques légumes, de lait en poudre, d'un paquet de cigarettes, et qu'on lui demandait comment allait l'enfant, en l'occurrence moi, elle répondait très bien, je crois, très bien ; et son sourire subjuguait.

J'avais fait le trajet maternité/maison en deux-chevaux. Mon père conduisait prudemment, conscient je suppose de la fragilité de ce qu'il transportait : trois kilos deux de chairs et d'organes, soixante-quinze centilitres de sang, et surtout une fontanelle ouverte, palpitante, qu'un geste maladroit aurait déchirée sans effort. Il nous avait déposés devant la maison, sans descendre de la guimbarde. Ses bras ne m'avaient donc pas protégé de la violence du hasard, entre la voiture et le berceau blanc de la chambre. Il avait laissé ma mère m'y installer seule, s'émerveiller seule devant le plus beau bébé du monde, chercher seule à reconnaître dans mon nez celui d'une grand-mère, dans ma bouche celle d'un aïeul. Il nous avait laissés seuls, il n'avait pas pris sa femme dans ses bras, il n'avait pas dansé. Il était simplement retourné à la droguerie où il officiait depuis plus d'un an maintenant, sous l'autorité du propriétaire, un M. Lapchin, veuf, sans héritier, bienheureux d'avoir recruté mon père qui, semblait-il, faisait des merveilles. Aux adolescents acnéiques, il composait d'efficaces crèmes à base de peroxyde de benzoyle à 4 % ; aux dames affolées, des poisons contre les rats, les souris, les araignées, les blattes, les cafards et parfois le cafard : trois gouttes sur la langue en allant au lit et demain vous serez comme une île, un lagon. Ça fera cinq francs, madame Jeanmart. Ça tombe bien, j'ai un billet tout neuf, tenez. Cinq francs, c'est pas cher pour être heureuse, merci, merci. Mon père avait fait des études de chimie, il aimait la poésie, mais ses rêves de prix Nobel s'étaient envolés avec l'apparition de ma mère. Elle m'a désaimanté, dira-t-il plus tard, froidement, comme il aurait dit *solubilité*. Ou *polymérisation*. Elle lui avait fait perdre le nord, la tête, le pantalon – ce qui explique moi –, et quelques cheveux. Ils s'étaient retrouvés un 14 Juillet, sur la place Aristide-Briand à Cambrai. Elle était avec ses sœurs. Il était avec ses frères. Leurs regards s'étaient croisés. Puis agrippés. Elle était longue, fine, blond vénitien, elle avait les yeux noirs ; il était long, fin, brun, il avait les yeux vert d'eau. Ils s'étaient envoûtés, même si à l'époque l'envoûtement restait courtois : un sourire, une promesse de rendez-vous, une poignée de main. Ils s'étaient revus le lendemain même au salon de thé Montois. Ma mère m'affirmera plus tard qu'en plein jour, sans la musique, sans le feu d'artifice, sans la coupe de champagne ni l'euphorie douce, elle l'avait trouvé moins envoûtant. Mais voilà, il avait des yeux verts et elle avait rêvé d'un homme aux yeux verts ; même si personne ne rêve d'un laborantin. Ils s'étaient fait d'autres promesses, s'étaient présentés à leurs parents. L'étudiant en chimie. L'étudiante en rien. Il avait vingt ans, elle en avait dix-sept. Ils s'étaient mariés six mois plus tard. Le 14 janvier. Les photos du mariage, Dieu merci, avaient été prises en noir et blanc. On ne voyait donc pas leurs lèvres bleues ni l'extrême pâleur de ma mère, les poils blond vénitien comme des épines. Le froid. Ce froid déjà, qui avait engourdi leur amour et assombri les yeux verts.

Du plus loin que je me souvienne, du plus loin que j'aie cherché, enquêté, et du plus loin que j'aie pleuré, il me semble que mes parents ne se sont pas aimés.

Je n'ai pas eu le temps de finir ma bière. Mon portable a vibré, un numéro s'est affiché ; celui de la femme de mon père.

Sa voix, tout de suite ; qui s'élevait haut, pouvait chanter la *Vocalise* de Rachmaninov, l'*Ave Maria* de Schubert, avec la chorale de l'église.

Sa voix, soudain ; broyée.

On sort de chez le médecin c'est épouvantable épouvantable je ne sais pas quoi dire comment le dire te le dire mais c'est ton père c'est à propos de ton père on ne sait pas pas encore mais c'est pas bon il y a des choses des traces c'est le côlon ça serait là ça aurait commencé là et j'ai demandé au médecin si c'était sûr si c'était ça si c'était la maladie qu'on ne peut pas dire et il m'a regardée il avait l'air triste je te jure qu'il avait l'air triste c'est un bon généraliste il connaît bien ton père il le suit depuis longtemps et il était si triste alors j'ai compris je ne suis pas idiote tu sais je ne suis pas ta maman mais je l'aime ton papa j'en prends grand soin tu sais je fais attention à ce qu'on mange il a arrêté de fumer tu sais arrêté

23

pour moi il y a longtemps parce que je n'en pouvais plus je m'inquiétais et c'est pas les poumons c'est le côlon c'est là que ça a commencé a dit le médecin mais il y a plus grave tu te rends compte comme s'il pouvait y avoir plus grave que gravissime c'est le foie c'est passé au foie stade 4 il a dit dans son air triste je ne sais pas quoi faire quand c'est le foie c'est foutu je le sais on le sait on le sait tous invasif en plus j'ai envie de pleurer de m'arracher les cheveux de me planter un couteau j'attendais d'être enfin à la retraite de profiter de lui et voilà voilà c'est fini c'est comme si c'était fini la vie c'est nul c'est injuste dégueulasse on devait partir au Touquet dans un mois j'avais loué en rez-de-chaussée pour que ça ne le fatigue pas rappelle-moi si tu veux si tu peux c'est horrible et à la fin il m'a demandé vingt-sept euros vingt-sept euros pour entendre que l'homme que j'aime va mourir.

Vingt-sept euros.

J'ai payé les bières. Regardé autour de moi. La terrasse du café était bondée maintenant ; on riait, on fumait, on était vivant. Rien ne menaçait. Je me suis levé, péniblement ; je portais soudain le poids de mon père. Je portais nos tonnes de silences, je portais nos lâchetés, toutes nos lâchetés ; ces millimètres d'erreurs qui, à l'échelle d'une vie, étaient devenues une mauvaise route. Une impasse. Un mur pourpre. La serveuse m'a souri et j'ai eu envie de pleurer, de plonger dans ses bras, dans sa tendresse pâle, oser les mots qui endeuillent et libèrent, mon père est en train de mourir je vais être orphelin j'ai peur je ne veux pas rester seul pas tomber, et m'entendre dire je suis là, monsieur, je suis là, je reste avec vous, n'ayez plus peur, n'aie plus peur, voilà, pose ta tête, écrase mes seins, ne pense plus à rien.

Mais je n'ai pas osé.

Je n'osais jamais.

Je ne sais pas si j'aimais mon père.

J'ai aimé ses mains qui ne tremblaient jamais. J'ai aimé sa recette de limonade au bicarbonate de soude. J'ai aimé l'odeur de ses expériences. Ses cris lorsque ça ne marchait pas. Ses cris lorsque ça marchait. J'ai aimé la façon dont il dépliait le journal le matin, dans la cuisine bleue de notre grande maison. Ses yeux, lorsqu'il lisait les nécrologies. Sa voix, lorsqu'il disait à ma mère : il avait mon âge, tu te rends compte ? Il était fier d'être toujours vivant. Elle levait alors les yeux au ciel, avec désinvolture ; elle était belle dans son petit mépris élégant. J'ai aimé l'attendre le soir, après l'école, devant la droguerie. Par la vitre, je le voyais expliquer, faire de grands gestes. Je voyais les clientes énamourées. Les tentations. Mon père n'était pas beau mais il plaisait. Sa blouse blanche lui donnait l'air d'un savant. Sa jeunesse enchantait. Et ses yeux verts. Ah, ses yeux verts. Dans l'ombre, M. Lapchin jubilait. Les affaires reprenaient. On venait pour tout, pour n'importe quoi. De l'éthylène, de l'éthanol, de la glu. On venait de loin. De Raismes, de Jenlain, de Saint-Aubert. On venait voir mon père, monsieur André. On ne voulait que lui, on se faisait belle, on faisait la queue. On attendait de lui des potions magiques, des crèmes de beauté, des baumes amincissants. On se plaisait à s'imaginer sous ces doigts-là, ces mains qui ne tremblaient pas et composaient des merveilles. Toutes voulaient être choisies par lui, mais ça avait été celle-là : une demoiselle avec une tache de vin sur un chemisier de soie ; une image de sang, un cœur brisé. Revenez demain, mademoiselle. Et le lendemain, une formule à l'ammoniaque, un chemisier comme neuf. Deux seins fermes encore sous le chemisier, un regard, un sourire. Et mon père l'avait invitée chez Montois. Voilà près de trente ans qu'ils sont ensemble.

Pendant ces trente ans, il a quelquefois souri. Jamais, du temps de notre famille.

J'allais avoir bientôt six ans. Ma mère venait de mettre au monde mes deux sœurs, des jumelles, des vraies, presque des siamoises. Anne et Anna. Anna, arrivée sept minutes et dix-huit secondes après, cadette et benjamine à la fois. Siège. Épisiotomie. Un massacre. Mon père possédait alors une GS beige, sièges en skaï d'un marron foncé douteux, avec laquelle il avait ramené ma mère et mes sœurs de la maternité. Il avait garé l'auto devant chez nous, en était sorti, était monté jusqu'à la chambre rose. Avec ma mère, il avait installé les filles dans leurs lits de dentelles églantine, il les avait regardées longuement, émerveillé, il avait même versé quelques larmes, puis il avait pris ma mère dans ses bras pour la faire danser. Il lui avait chuchoté merci, merci, elles sont magnifiques, elles sont si belles, elles sont comme toi ; et ma mère avait chuchoté à son tour, tu ne me connais pas André, ne dis pas n'importe quoi. Lorsqu'il était redescendu, il m'avait trouvé assis dans le salon. Il avait sursauté. Ah, tu es là. Tu peux monter voir tes sœurs, si tu veux. Je n'avais pas bougé. Je voulais juste ses bras. Je voulais juste savoir qu'il m'aimait encore, que j'existais encore, que j'avais un nom, un père.

Tiens.

Ce fut la première et la seule fois que ses doigts tremblèrent.

Tiens.

Voilà deux francs vingt, va m'acheter un paquet de Gitanes, j'ai besoin de toi maintenant.

Tu vois, je ne sais pas si j'ai aimé mon père.

À quel moment un homme se rend-il compte qu'il ne sera jamais un héros ?

J'ai quitté la terrasse du café, laissé derrière moi les rires, les rencontres nouvelles, la petite tuerie à quatre-vingts euros de FFF et je me suis enfoncé dans la nuit, au milieu des ombres terrifiantes.

D'où surgissent parfois des bêtes.

Il est dans la chambre il se repose, m'a-t-elle dit, lorsque je suis arrivé chez eux. Il est dans le déni pour l'instant il parle d'incident c'est gentil d'être passé mais je crois qu'il ne faut pas le déranger je lui dirai que tu es venu ça lui fera plaisir il va avoir besoin qu'on le soutienne et tu le connais fier comme il est ça ne va pas être simple il pense toujours qu'il est plus solide plus fort que tout le monde je suis tellement triste si tu savais comme je suis triste c'est gentil d'être passé crotte je ne voulais pas pleurer voilà que ça vient tout seul ah je suis contente qu'il ne me voie pas comme ça c'est pas beau une femme qui pleure ça fait peur le maquillage qui coule c'est très laid ah c'est tellement épouvantable ce qui nous arrive.

Je l'ai prise dans mes bras, l'ai laissée pleurer longtemps. J'ai pensé aux larmes de ma mère, parfois, quand elle était seule, lorsqu'elle pleurait la vie qu'elle n'avait pas eue. Ça ne fait pas tout, les yeux verts, m'avait-elle dit un jour, ça ne fait pas l'ivresse, ça vous regarde la nuit, ça fait même un peu peur.

Après l'arrivée de mes sœurs jumelles, ma mère avait fait chambre à part. L'abstinence c'est mieux que le manque de passion, disait-elle. Plus tard, elle prendrait quelques amants, se perdrait dans quelques illusions. Elle se mettrait à la bière blonde, n'abandonnerait jamais ses menthols malgré les imprécations de quelques-uns, et rêverait dans la fumée à ces vies qu'elle aurait pu connaître, ces bords de mer où le vent fait s'envoler les chapeaux et rougir les joues ; ces lieux parfaits où l'on peut hurler les mots qui font mal puisque le vent les étouffe, que personne ne les entend. *Tristesse, chagrin, douleur, lâcheté.*

Ma mère ne s'aimait pas assez pour être heureuse.

Une nuit, elle était venue s'allonger près de moi, sur mon petit lit. Je m'étais poussé, écrasé contre le mur, trop heureux qu'elle fût là. Elle n'avait rien dit pendant un long moment. J'avais écouté son souffle apaisant, retrouvant ainsi la sensation de ces trop rares moments de paix, de joie immense, lorsqu'elle me permettait de rester auprès d'elle dans le salon, tandis qu'elle lisait, qu'elle fumait. J'aimais l'odeur acidulée de son petit brouillard, j'essayais de l'avaler, de m'en imprégner. Le menthol était son odeur ; je le voulais sur moi parce que ses caresses me manquaient, ses mots, ses regards. Par la suite, après son départ, je demanderais à mon père de m'en faire un parfum

– ce qu'il fera à la base de la formule C10H20O, enrichie d'huile essentielle de menthe poivrée. Elle était restée longtemps allongée près de moi et, alors que je la croyais endormie, les mots avaient poussé, doux et graves à la fois : ne sois jamais comme ton père, Antoine, sois brutal, sois fort, sers-toi, bouscule les femmes, fais-les tourbillonner, fais-les rêver, promets, même ce que tu ne pourras pas tenir, on vit toutes d'espérances, pas de réalité. La réalité c'est pour les ânes et les imbéciles, le dîner à dix-neuf heures trente, les poubelles, le baiser du soir, les tartelettes du dimanche à quatre cinquante chez Montois, une vie se rate si vite, Antoine, si vite.

Ses larmes avaient glissé dans mon cou, brûlantes, tandis que je faisais semblant de dormir.

La femme de mon père a séché les siennes, m'a encore remercié d'être venu, remercié pour ma gentillesse. Mais ce n'était pas de la gentillesse, c'était de la lâcheté. J'ai peur du mal, de la douleur, de la décrépitude ; j'ai peur encore d'être abandonné, d'avoir froid, faim ; peur d'une vie sans grâce et sans amour. Je ne suis pas devenu l'homme dont avait rêvé ma mère, je n'ai pas eu ce courage-là.

J'ai embrassé la femme de mon père, puis je suis rentré chez moi.

Le ballon était passé au-dessus du mur du jardin.
L'enfant était sorti pour le rattraper. Il avait traversé
sans regarder. Et la moto qui arrivait n'avait pas pu
l'éviter. La trace de freinage indiquait que celle-ci
dépassait à peine la vitesse autorisée. L'enfant avait
été renversé. Sa tête avait violemment heurté le sol.
Il était resté six jours dans le coma. Le motard, lui,
avait glissé sur une trentaine de mètres, la jambe
gauche coincée sous les cent quatre-vingts kilos de
la moto. Il avait fallu lui amputer le pied.

Je fus dépêché pour examiner la grosse Honda
accidentée, une Hornet.

Voilà mon métier. Je dois voir ce qu'on ne voit
pas, expliquer ce qui ne s'explique pas. Pour le
compte de deux compagnies d'assurances. Dans
cet accident, beaucoup de choses allaient entrer en
ligne de compte : l'indemnisation pour la souffrance
endurée (SE), le préjudice esthétique permanent (le
pied en moins), le préjudice d'agrément (le pied,
encore), le préjudice d'affectation (PA), le montant
des dépenses de santé avant consolidation (DSAC),

le remboursement ou la remise en état du véhicule, etc. Sur la moto, les échappements, les pignons de sortie de boîte et la culasse avaient été modifiés, la moto était donc « débridée » ; elle tombait de fait sous le coup de la loi : trente mille euros d'amende, deux ans de prison.

Le motard ne serait donc remboursé de rien. Les parents de l'enfant allaient se retourner contre lui. Il perdra. Remboursera de sa poche les dommages causés au petit footballeur. Bref. Sa vie était foutue.

Plusieurs fois, j'ai été grisé à l'idée de pouvoir changer la vie des autres. Au mieux j'étais un ange, au pire, un monstre parfait, insoupçonnable ; je pouvais taire le « débridage » de la moto, par exemple, et laisser mon client s'en sortir, certes avec un pied en moins, mais avec près de cent mille euros d'indemnités en plus.

De quoi courir vers une nouvelle vie, s'installer au soleil, boire des *blood and sand* au bar d'un hôtel au nom imprononçable, au Mexique ou ailleurs. Vivre ce dont on rêve tous et qu'on ne fait jamais. Ma mère aussi aurait aimé avoir cent mille euros, aimé dire au chimiste qu'il n'y avait aucune chimie entre eux, et partir ; se laisser enlever, dévorer par un cannibale, consumer par une passion, jusqu'aux cendres de l'excès.

Mais je n'osais pas. Je n'ai jamais osé. Je suis payé pour payer le moins possible. Je suis payé pour n'avoir ni cœur ni compassion, je n'ai pas le droit de tendre la main au naufragé, il n'y a pas de place en moi pour la pitié, pour l'attendrissement, pour une quelconque humanité ; ces mots inconnus. Mon éclopé aurait sa vie foutue, comme l'était la mienne ; depuis les origines.

Elle commence où, la lâcheté, Léon ? Dans le regard de votre mère qui n'arrive pas à se détacher de deux yeux verts, un 14 Juillet, sur une place Aristide-Briand ? Dans les soupirs d'un étudiant en chimie qui renonce à changer le monde pour une fille qui aime la couleur de ses yeux ? Dans la fumée mentholée, qui anesthésie doucement et fait, jour après jour, renoncer aux beautés du monde ? Dans les mains qui abandonnent l'enfant, là, à lui-même ?

Elle commence où ? Pas besoin d'une mère suicidée, d'un père absent, d'un adulte qui vous frappe ou qui vous ment. Pas besoin de tragédies, de sang. Une méchante phrase à la sortie de l'école suffit, tu en sais quelque chose. Un baiser de votre maman qui ne s'envole pas suffit, des sourires qui ne se posent pas sur votre épaule, comme une plume. Quelqu'un qui ne vous aime pas suffit.

J'ai su très tôt que j'étais un lâche.

Enfant, j'ai pourtant essayé d'être fort.

Je m'étais inscrit au judo, et à la troisième séance, une ceinture verte, à peine plus âgée que moi, m'avait humilié avec un *juji gatame*, une redoutable clé en hyperextension par le pubis. Ayant découvert que les mots, pour peu qu'ils soient bien placés, pouvaient frapper autant que les coups – ma mère avait atteint mon père au plexus avec un « tu me déçois tellement, André » –, je m'étais réfugié à l'atelier de théâtre de l'école.

J'y ai appris à respirer. À bien placer ma voix. Il me semblait alors qu'il était plus judicieux de dire *ta gueule* avec une voix de ventre plutôt qu'une voix de nez, et bien plus menaçant d'avoir un corps tendu plutôt que ratatiné. J'y ai appris qu'il fallait impressionner et je n'étais pas impressionnant, je n'avais pas ce poids-là ni cette densité qui façonne les hommes dont rêvait ma mère. Mes parents ne s'étaient pas extasiés sur moi à la maternité, ni après – il n'y avait sans doute pas eu d'extase possible. Pourtant, j'ai connu quelques femmes. J'ai été séduit. On a voulu mourir pour moi. On a voulu vivre avec moi. On m'a demandé des enfants, de la tendresse. On a eu des rêves dans lesquels je figurais, on a attendu des choses de moi, on a voulu boire des cocktails en ma compagnie, au Mexique ou ailleurs. On a voulu mon bonheur.

Mais, avant tous ces ravissements, on m'avait fait jouer un des deux déménageurs dans *La main passe* de Feydeau, au spectacle de fin d'année. Un rôle muet. Je m'étais fait honte, je m'étais fait mal et ma chute avait exigé que je ne tombe pas seul. Je voulais encore être fort. J'avais remarqué un certain Frédéric Froment dans la cour de récréation. Une crevette solitaire à lunettes, monture en aluminium, verres en cul de bouteille ; le genre qu'on perd volontiers dans un supermarché ou sur une plage. Je lui avais proposé d'être mon ami. Il m'avait examiné de haut en bas puis avait souri, sincèrement ému, et je m'en étais voulu. Déjà. Je lui avais proposé de venir goûter à la maison après l'école, et il avait accepté avec une joie qui me bouleverse encore aujourd'hui. Nous étions passés par le jardin Monstrelet où ma lâcheté l'avait emporté.

Bats-toi.

Pardon ?

Bats-toi si t'es un homme.

Et j'avais serré les poings déjà, prêt à frapper. Bats-toi. Défends-toi. Je m'étais approché. Menaçant. Lâche. Si lâche.

Allez, allez, bats-toi.

Ses bras étaient restés désespérément ballants. L'un des miens était parti comme une flèche, pour s'écraser sur sa bouche ; ma peau s'était déchirée au contact de ses dents. J'avais saigné, il avait saigné.

Je croyais que tu voulais être mon ami.

Alors ma lâcheté avait fondu en larmes, Frédéric Froment s'était approché de moi, et de sa bouche sanguinolente étaient sortis les mots qui me damnèrent : je sais ce que c'est de ne pas être fort, je ne t'en veux pas. Moi aussi, je me serais frappé. Moi aussi.

Ma main écarlate avait serré la sienne. Nous ne le savions pas encore, mais nous allions devenir amis, et nous aurions dû l'être pour toujours.

À la boulangerie rue Crèvecœur, je lui avais offert une barre Mars, cinquante centimes, mon minable pardon. Il m'avait regardé, les petits yeux tristes, un chien battu. F'est gentil, mais fe crois que tu m'as fété une dent.

C'est ce jour-là qu'est né FFF, Léon.

Facré Frédéric Froment.

Ma mère adorait lire. Elle lisait Sagan, Cardinal, Barjavel. Dès qu'elle se levait elle descendait lire, et une nounou du quartier, une Polonaise, venait s'occuper de moi. Puis ç'a été la crèche, puis les baby-sitters à six francs de l'heure, le soir, alors qu'elle était là, dans le salon. Elle ne bougeait pas, ses yeux brillaient. Mon père prétendait que c'était parce qu'elle était triste, mais je savais que c'était à cause des bières qu'elle buvait parfois dès le matin. Un jour, elle m'a avoué qu'elle était trop jeune pour avoir un enfant. Ce n'est pas que je n'ai pas voulu de toi, disait-elle ; je n'ai pas voulu de moi. Je ne comprenais pas. Elle a essayé de m'expliquer : elle ne s'était pas rêvée en parfaite petite mère de famille. Ça ne l'intéressait pas, c'est tout. Mais moi ? avais-je demandé. Moi, tu m'aimes, maman ? Tu m'aimes ? La même question que toi, Léon. Elle m'a répondu : sans doute. Sans doute, mais à quoi ça sert ?

J'ai grandi dans des odeurs qui n'étaient pas les siennes, des bras qui n'étaient pas les siens, Léon. J'ai grandi dans le manque. Je m'écorchais au vide. C'est pour ça que, cette nuit, je veux qu'on reste ensemble, toi, Joséphine et moi.

Tes petites tantes, en revanche, ont eu droit à plus d'indulgence. On s'est intéressé à elles. On les prenait tout le temps en photo, il y en avait partout, des albums entiers. Mes parents les rangeaient, comme s'ils ne voulaient pas les perdre. Ils collectionnaient tout, les dessins, les rubans de leurs cheveux. Ils s'extasiaient sur leur ressemblance, la grâce pâle de leurs visages, leurs yeux verts, leurs boucles claires.

Moi, je trouvais qu'elles ressemblaient à deux potiches de porcelaine, elles ne se quittaient jamais, même pour aller aux toilettes. Il n'y avait pas de place pour moi dans leurs jeux, je ne comptais pas, j'étais invisible. J'avais douze ans, elles en avaient sept, comme toi. Elles ne me parlaient pas, elles me *commentaient* entre elles : il sent pas bon. C'est moche son pull. Il a mis son doigt dans son nez. Il a des boutons sur le front. Et sur le nez. À cause de ses doigts sales. Heureusement que ton grand-père était chimiste, il m'a préparé une crème et mes boutons ont disparu. Elles étaient cruelles parfois ; elles disaient ça ne sert à rien un frère, on aimerait mieux un petit chien.

Un matin, une de mes sœurs ne s'est pas réveillée.

Et toute notre famille a implosé.

Après être passé chez mon père, je suis rentré chez moi, dans le silence. La maison était vide. Vous dormiez chez votre mère. Je n'ai pas allumé, je suis resté dans le noir du salon, longtemps. J'ai beaucoup fumé. Les larmes ne sont pas venues. Je crois que je n'étais pas triste. Ni en colère. Je n'ai pas cette peur-là.

Son mal ne survenait pas sous la forme d'une douleur. Juste une immense hypocrisie. La tumeur s'était propagée au-delà du côlon, avait dépassé les ganglions, il y avait des métastases sur le foie. Il pouvait vivre encore.

Je te dirai que tu as le droit de ne pas te battre, papa, que je te pardonnerai, que nous te pardonnerons tous si, à la place de l'inutile, l'inéluctable souffrance, tu préfères aller quelques jours faire du Riva sur le lac de Côme, traverser la Provence en Bentley, boire du pétrus de 1961 ou de 1990, ou rire encore avec mes enfants, avec Anna, avec les vivants, ou regarder une dernière fois les photos d'Anne. Si tu préfères te souvenir, croire aux idioties, aux retrouvailles, au pardon.

J'ai allumé une énième cigarette en souriant et je me suis souvenu de l'unique fois où nous avions dîné tous les deux, en tête à tête.

Café de la Gare.

Il avait pris un air grave, le vert d'eau de ses yeux s'était troublé, une onde terreuse. Nous avions mangé notre céleri rémoulade en silence puis il avait lentement essuyé ses lèvres au coton rêche de sa grande serviette blanche avant de parler.

J'ai reçu une lettre d'un certain M. V*. Il écrit que sa fille a passé une nuit avec un garçon.

J'avais rougi. Si je n'avais pas déjà fini mon entrée, je me serais étouffé.

Il écrit que ce garçon c'est toi, que ça a eu lieu en Angleterre cet été, qu'elle n'a que quatorze ans, que c'est un scandale. Et que si tu cherches à la revoir, à lui écrire, à lui téléphoner, si tu essaies même de penser à elle une seule seconde, il me poursuivra pour détournement de mineure.

Toi ?

Moi. Jusqu'à ta majorité, je suis responsable. Alors tu vas écrire à ce monsieur et lui promettre de faire tout ce qu'il demande.

Voilà quatre-vingts centimes pour le timbre.

Nous étions au cœur des années 1980. Je venais d'avoir quinze ans et j'étais très amoureux de Patricia. Petite, cheveux châtains, grands yeux gris, un gris de ciel de pluie, un sourire immense. Une première fois timide, inattendue ; rires, larmes, bouches sèches. Et puis ce coup de couteau. Ces quatre-vingts centimes, le prix de ma lâcheté d'homme naissant.

Tu ne me demandes pas si c'était bien, papa ? Tu ne m'accueilles pas dans ton monde de géants ? Tu ne m'ouvres pas les bras pour une fête ?

Je quittai l'enfance par la petite porte, celle de la honte.

Non, je ne te demande pas si c'était bien. Je ne veux rien savoir, ça n'existe pas.

C'est ce soir-là que je t'ai perdu, papa, que nos faiblesses ont triomphé. Ce soir-là que mon adolescence orpheline a commencé.

Ensuite, je t'avais regardé découper et mâcher ton onglet avec application. Tu avais mis beaucoup de moutarde. Je n'avais plus eu faim. Ni d'onglet saignant ni de ta tendresse. Et lorsque tu déglutissais, il me semblait que c'était le peu que j'avais de bien que tu déchiquetais, que tu avalais. Ce soir-là, je m'étais senti désespérément vide. Depuis lors, aucun de tes gestes, de tes regards, aucune de tes formules ne sont parvenus à apaiser cette souffrance.

Quand j'ai écrasé ma cigarette, mes larmes ont jailli. C'est ce père-là que je pleurais enfin. Ce père manqué dans une brasserie de gare. Ce père auquel j'avais si souvent rêvé en imaginant ce qu'il serait advenu de nous, de nous tous, s'il avait ouvert ses bras ce soir-là. S'il m'avait parlé comme à un homme. Si tu m'avais demandé : est-ce que tu l'aimes ? Alors, viens. Viens, lève-toi. Je vais te conduire à elle et si son père nous fait chier, je lui balance une petite fiole d'acide propanoïque. Non mais ! Allez, viens.

Et dans ces rêveries-là, je riais. Je riais.

SIX CENT CINQUANTE FRANCS
ET SOIXANTE-DIX CENTIMES

L'enterrement devait avoir lieu un mardi, à onze heures. Malgré le vœu de mes parents d'une cérémonie intime, l'église était pleine. Outre les cousins, quelques tantes et oncles, voisins, connaissances, il y avait surtout eu les clientes de chez Lapchin, au grand complet, venues soutenir celui qui les avait tant de fois sauvées de la honte, d'une tache de sauce, des désastres d'une colonie de mites, d'une argenterie oxydée ou de quelques douloureux furoncles. C'était la peine de mon père qui les peinait. Ma mère avait voulu que tout cela finisse vite, que tout cela disparaisse. Le corps. Les sentiments. Elle n'avait pas compris les six cent cinquante francs et soixante-dix centimes facturés pour les soins de conservation « pour enfant de moins de douze ans ».

Elle est morte, elle est morte, répétait-elle, qu'est-ce qu'on a besoin de la conserver. Ça ne se conserve pas un enfant mort, ça pourrit. Ça pourrit tout, tous ceux qui l'ont aimé.

Mon père, pour calmer les choses, avait jugé bon de choisir seul le cercueil *Enfant* (à partir d'un mètre), peuplier, dix-huit millimètres d'épaisseur. Au cimetière, il s'était mis à pleuvoir et les coiffures des dames s'étaient effondrées. Les larmes étaient devenues noires, bleues, vertes, brunes, orangées, violettes ; toute la palette de Rimmel. Les visages des femmes ressemblaient à des dessins d'enfants : arbres rachitiques, toiles d'araignées, rayons de soleil, pluie bleue, blés noirs. Il y avait eu des sourires, quelques rires, et ce qui devait être triste était devenu léger et gracieux, comme l'âme d'une petite fille. Ma sœur était morte dans son sommeil, et ni le médecin de famille ni le légiste n'avaient pu en expliquer la cause. Peut-être n'aimait-elle plus sa demi-vie, peut-être avait-elle compris qu'elle n'était qu'une des deux ailes, qu'elle était condamnée à voler en rond.

Après le cimetière, tout le monde était venu à la maison. On aurait dit une scène de Fellini. Ces femmes aux visages bariolés. Ces hommes gris, trempés et maigres. On avait bu, grignoté les petits-fours de chez Montois, le champagne avait délié les langues, avait rapproché.

Si c'est pas triste une petite qui s'en va comme ça. Sept ans, vous vous rendez compte. Les parents ne devraient jamais voir leurs enfants partir. Et l'autre ? La petite jumelle ? C'est Anne, non ? Non. Anne c'est celle qui ne s'est pas réveillée. L'autre c'est Anna. Comment le prend-elle ? Elles se ressemblent tellement. C'est horrible, elle va porter l'absence de sa sœur sur la figure, toute sa vie.

On n'avait pas dit que ma mère, en allant les réveiller ce funeste matin, avait mis quelques minutes à reconnaître celle qui était morte ; elles avaient le même pyjama, les mêmes ongles nacrés, les mêmes boucles châtains. Ce fut dans ces quelques minutes d'incertitude que toute l'horreur de sa vie l'avait submergée.

Elle nous a quittés le soir même. Elle nous a abandonnés là, dans notre grande maison, dans notre cuisine bleue, au milieu des flûtes vides, des cendriers pleins, des bouteilles de champagne et d'alcool, des cartons gras de chez Montois, des boîtes à chaussures tels des petits cercueils de carton, remplies des photos de notre petite sœur morte. Ma mère nous a laissés là, comme trop de vaisselle dans un évier, de linge dans un panier ; elle n'avait plus eu la force, elle ne pouvait plus rien porter. Mon père avait tenté un mot, un geste.

C'est fini André, c'est fini, je suis désolée. Mais tu… Non. N'insiste pas, s'il te plaît.

Elle a emporté avec elle quelques affaires. Ses livres de Sagan. Elle a caressé ma joue, déposé un baiser sur le front de la survivante qui, les yeux secs, n'avait plus rien dit depuis que son double ne s'était pas réveillé.

Notre mère partait.

C'était tout.

Elle a précautionneusement fermé la porte de l'entrée derrière elle, comme si elle avait voulu que son dernier bruit soit quelque chose de doux.

46

Alors notre père nous avait fait venir près de lui. Il était assis sur l'un des fauteuils du salon, de style Louis XV, que notre mère avait aimé faire retapisser avec un tissu à la mode de l'époque, au motif psychédélique orange. Il nous avait serrés contre lui. Il sanglotait doucement. Sa faiblesse m'assassinait. Je m'étais mis soudain à le frapper, le frapper. Il n'avait rien fait pour éviter mes poings. Rien. J'avais même eu l'impression fugace que, sous la noyade, il avait aimé mes coups.

MILLE HUIT CENT SOIXANTE-DIX
MILLIARDS D'EUROS

Mais tu te rends compte de tout ce bordel, Antoine. Y a pas un jour sans qu'on te foute un nouvel impôt. Ils te font les poches. Le slip. Comme ça. L'air de rien. Ils s'insinuent. S'installent à ta table. Comme si moi j'allais chez un type bouffer dans son assiette parce que la mienne est vide. Tu vas voir, Antoine, bientôt on va taxer les beaux parce qu'ils font de l'ombre aux moches, et les gros, tiens, ils chient plus que les autres. Plus de PQ, plus d'eau. Ils bouffent plus. Prennent plus de place. Puis taxer les minces aussi, parce qu'ils bouffent pas assez, qu'ils consomment pas assez. Cela dit, si on taxait les cons, on récupérerait des milliards. Des putains de milliards. C'est quoi, ici. Dis-moi. On ne touche pas aux fonctionnaires, pas aux taxis, pas au diesel, surtout pas au salaire des députés, leurs billets d'avion, de train, tout est gratos. Non, c'est nous les cons. On nous la fout profond. Jusqu'à l'épiglotte. Les industriels qui arnaquent. Les labos. Jamais un en taule. Et les mecs qui inventent les radars. Pas un qui soit capable, en échange, d'inventer un truc joli, comme une pilule contre la misère des hommes. Contre la tristesse. Qu'est-ce qu'on va faire. Qu'est-ce que tu veux qu'on fasse. S'allonger sur le périph ? Faire la grève de l'impôt ? Bloquer des avions ? Retenir des TGV ? Au fond, il n'y a qu'en Chine qu'un mec tout seul peut arrêter une colonne de chars. On est des glands à côté. Ils nous ont foutu mille huit cent soixante-dix milliards d'euros de dette. Et on ne bouge pas. On gueule, je gueule, et ça ne fait pas de bruit. Pas un pet. Ça me rend fou. Fait chier. Viens, Antoine. On va boire un coup.

Un Gabin ronchon, le FFF, quand il poussait ses coups de gueule. Et pourtant, s'il me faisait sourire, je partageais ses colères. Mais chez moi, les mots, les larmes, rien ne sortait. Je n'osais jamais. Je n'ai jamais osé. J'étais de ceux qui emmagasinaient ; le genre à ne rien dire quand un chauffeur de taxi choisissait le trajet le plus long, quand une vieille, sous prétexte qu'elle était vieille, passait devant moi à la caisse et, comme le chauffeur de taxi, me baisait aussi.

Ma lâcheté trouve son origine dans cette colère qui ne sort pas. Je sais que le pardon n'a jamais été une qualité humaine, il faut se battre, oser redevenir animal, mordre, se défendre ; ou accepter de disparaître. J'y pense parfois. Disparaître.

Puisque je n'avais aucune affaire urgente, nous étions sortis boire un verre au milieu de l'après-midi.

Nos mères écrivent nos vies, tu sais. Le jour où celle de FFF a découvert l'index rose fluo d'un gant de maison, dans une boîte de raviolis, qu'elle en est tombée dans les pommes d'effroi et que son fils s'est précipité pensant qu'elle était morte, elle a tracé sa voie. Malgré lui.

Si on ne fait pas gaffe, il y aura un jour de la merde dans les gâteaux au chocolat, disait-il. Ou du cheval dans les lasagnes de bœuf.

Après des études d'ingénieur, il était devenu consultant en sécurité alimentaire tandis que je m'établissais comme expert auprès des assurances, après trois années de droit et une sévère formation technique automobile. FFF était un croisé. L'histoire lui avait donné raison : la vache folle, le poulet à la dioxine, l'épizootie de fièvre aphteuse, la grippe aviaire, l'E-coli. Il avait de jolis rêves pour le monde, mais entre un rêve et un billet de vingt euros, je te laisse imaginer le choix du monde. Lui était indépendant, moi je travaillais pour deux grosses compagnies d'assurances, et nous occupions des bureaux communs ; plus tard, nous avons recruté une secrétaire à mi-temps. Et parfois, nous allions boire un verre au cœur de l'après-midi.

Le serveur avait apporté nos demis. FFF avait bu une longue gorgée, m'avait regardé curieusement, tu sais, comme si ce n'était pas vraiment lui, pas vraiment moi, et, dans le chaos du café, dans les rires des autres, dans les soupirs de certaines, il avait murmuré : t'as jamais eu envie de péter un plomb ?

À dix-huit ans, j'ai cherché à rencontrer quelques filles.

Je rêvais alors d'une immense et tragique histoire d'amour. Quelque chose qui ferait mentir ma mère, mon père, tous ceux qui se quittent et qui, en se quittant, détruisent les autres, sèment des cadavres.

Je rêvais d'un amour bref et infini à la fois.

À la patinoire, j'avais remarqué une blonde joliment enrobée. Sa virtuosité sur la glace dessinait une illusion de légèreté. J'ai pensé à Ali MacGraw qui patinait elle aussi, aimait Mozart, Bach, les Beatles et moi. J'avais les lèvres bleues, les doigts engourdis. Je fumais néanmoins avec désinvolture, empruntant à ma mère ses gestes qui m'avaient alors semblé si sûrs d'eux, si séduisants. Je m'appliquais également à de virtuoses volutes de fumée. Ce n'est qu'au bout de vingt-sept tours de piste qu'elle a semblé me voir, enfin. Je sais bien, depuis, que les femmes ne livrent jamais tout au premier regard. Elles gardent des provisions. Les hommes sont des affamés.

À chacun des tours suivants, la patineuse m'adressait un sourire ; au cinquantième, ses patins ont griffé la glace et fait se déplier deux ailes de givre derrière elle. Elle s'est arrêtée pile face à moi. C'est en mouvement qu'elle était ravissante. Trop tard pour revenir en arrière. Elle avait déjà quitté la piste glacée pour me rejoindre. Alors j'ai acheté deux jetons de café.

Cinq minutes plus tard, nous étions dehors, au soleil, avec nos boissons ; quelques minutes encore, et nos langues se sont goûtées, un mélange Moka-Java, la sienne était incroyablement douce, sa bouche était chaude, ses doigts moites, j'ai alors abandonné mon envie d'histoire d'amour tragique, brève et infinie, je voulais soudain de la chair, du poids. Je voulais ce qui rendait les hommes fous. Assassins. J'ai glissé ma main sous son pull ; elle ne l'a pas empêchée. Son dos. La colonne vertébrale concave. Le grain de la peau. Les grains de beauté. Le soutien-gorge qui cisaillait les rondeurs. J'ai bataillé pour le dégrafer. Mes doigts besognaient. Soudain, elle a ri. *C'est devant, idiot !* Il m'avait manqué un grand frère, des jumelles vivantes, un père et même une mère pour m'enseigner ces secrets ; m'apprendre à être un homme fort, brutal, un ravisseur. Je me suis enfui, elle ne m'a pas appelé.

Tu te rends compte, Léon, je ne lui ai même pas laissé mon prénom.

Ensuite, j'ai vécu quelque temps avec Djamila. Je l'avais rencontrée à la fête que FFF avait organisée pour ses dix-huit ans. On se retrouvait dans ma chambre d'étudiant (elle en lettres, moi en droit), on parlait peu, notre vocabulaire c'était faire, c'était l'amour et le faire, c'était cris et c'était griffes. On en avait été tellement privés. C'était sans tendresse sans pudeur. C'était magnifique. Les choses qui font bander les hommes ; les ténèbres, nos chutes. Elle m'a appris ces vertiges qui ravissent les femmes. Je n'avais jamais humé la noirceur touffue des impasses, jamais vu le rose, le diamant de chair, jamais été ivre de cette ivresse-là. Nous étions de la viande et c'était bien. Nous brûlions nos peaux mortes, nos petites humanités, nos souffrances d'enfances. Et quand un matin, épuisés par la vanité de nos fouilles, nous nous sommes séparés, il n'y avait aucune tristesse entre nous, juste un regard doux, un début de mansuétude possible. On s'est quittés, d'un geste de la main. Une ou deux phrases. « Bonne chance dans la vie. » « À toi aussi. » Je lui ai dit « sois heureuse », je crois. Elle a souri, elle a dit « bon, ben, salut », et elle est partie.

Plus tard, j'ai retrouvé un livre de Modiano qu'elle avait oublié. Je l'ai toujours. C'est ma seule photo d'elle. Et puis il y a eu d'autres « belles nuits qui passent [1] ». Parmi elles, il y a eu ta maman, Léon, il y a eu Nathalie.

Quand je l'ai rencontrée, j'ai cru rencontrer l'amour.

_____

1. Alfred de Musset, *Les Caprices de Marianne*.

DEUX FOIS TROIS CENTS FRANCS

Sur les conseils de celle qui allait devenir sa femme, et parce qu'elle était secrétaire dans un cabinet dentaire – et à ce titre vous pouvez me faire confiance, monsieur André, je connais bien le milieu médical –, notre père nous a envoyés consulter un psychologue. Depuis les disparitions concomitantes de notre mère et de notre sœur, Anna n'avait plus prononcé un seul mot et, de mon côté, je ne décolérais pas contre mon père. Je ne l'avais plus frappé. Je cognais maintenant les murs de ma chambre ; des méchants directs, qui bleuissaient mes mains. Je balançais des coups de pied dans mon vélo, je jetais parfois des cailloux contre des vitres, des choses par terre, qui se cassaient, le cadre avec la photographie en noir et blanc de leur mariage, mon appareil dentaire, ma montre. Je voulais alors que le temps s'arrête, qu'il fige à jamais la fraîcheur de leurs visages, la légèreté de leur parfum, la teinte de leurs yeux, le rosé précis de leurs lèvres. Je redoutais l'horreur qui pointait jour après jour, cette exacte petite fin du monde : que disparaissent tout à fait mes sensations d'elles, qu'il ne me reste rien de vivant d'elles, rien qu'une abstraction, plus aucune chair. Plus rien.

Le médecin n'était pas désagréable. Pour deux fois trois cents francs, il nous avait fait passer, à Anna et moi, une batterie de tests, remplir des questionnaires contre l'anxiété de la séparation, contre l'angoisse du deuil. Il nous avait demandé des dessins pour y décrypter notre chagrin et des exercices pour mesurer notre colère – surtout la mienne. Il avait posé cent questions pour situer notre déni. Je m'en étais sorti avec un antidépresseur, un demi-comprimé de Valium 5 mg le soir, et deux visites par semaine chez le psy. Le temps qu'il faudra, avait-il dit.

Avec les cachets, ma colère s'était tapie dans mon ventre et n'en était plus sortie.

On avait envoyé ma sœur chez un orthophoniste, deux fois par semaine elle aussi, et chez un ostéo-pathe, au cas où, histoire de lui titiller le nerf buccal, le muscle ptérygoïdien et autre fossette sublinguale.

Pour son premier rendez-vous, j'avais accompagné Anna chez son médecin. À peine étions-nous sortis de notre grande maison, vide désormais, qu'elle avait pris ma main. Sa petite main dans ma grande main. Et mon cœur s'était emballé. Durant toutes ces années, ni elle ni Anne ne m'avaient jamais touché ni embrassé. Leur monde entier était l'autre, à part quelques tendresses parfois, échangées avec notre mère. Ou quelques peurs, que celle-ci apaisait avec des caresses.

Je m'étais arrêté pour la regarder, elle avait levé ses beaux yeux verts vers moi et m'avait souri. Elle avait juste sept ans. Je n'avais pas vu qu'elle était si belle. Sa petite main avait serré la mienne davantage. À cet instant, j'ai su que nous devenions amis.

Je contente tu mon.

Elle n'avait plus qu'un mot sur deux.

Il n'y a pas longtemps, j'ai reçu des menaces. Pas directement. Pas comme dans un film où un truand s'approche de vous le poing serré : la prochaine fois je te. Non. Du mesquin. Des rayures sur la voiture. De la merde – de chien, je suppose – dans la boîte aux lettres du bureau. Un graffiti sur la porte. Une tête de mort. Ce genre de choses. Je soupçonnais quelqu'un, mais ne pouvais rien faire. FFF a insisté pour m'accompagner à l'antenne de police pour déposer une plainte.

On n'enquêtera pas, monsieur, m'a déclaré le sous-brigadier, on a huit cents plaintes non traitées, on a mis des caméras partout et on n'arrive pas à attraper les taggers, ni les voleurs de sacs, les arracheurs de montres. Le mal évolue. C'est un sournois. Une anguille. On est toujours en retard et, quand on arrive, on se prend des pavés, des injures. Non, on ne fera pas de test ADN sur les crottes de chien dont vous me parlez. Ce n'est pas les experts de Miami, ici, c'est l'antenne de police du coin, la poubelle du malheur des hommes, monsieur. Des pneus volés, des scooters démontés, des femmes giflées, des bagarres d'ivrognes, des enfants brûlés avec des joints. J'aimais l'idée d'être gardien de la paix, vous imaginez ça, *gardien de la paix*, mais c'est la guerre dehors, je ne garde plus rien du tout, même plus mes illusions. Envolé tout ça. Cela dit, si vous voulez quand même porter votre plainte, je ne peux pas vous en empêcher. Je vais vous appeler un stagiaire et il remplira les papiers. Ça sera un peu long, notre informatique est en panne.

J'avais rendu mes conclusions dans une affaire de coup du lapin supposé : un type s'était fait emboutir sa voiture alors qu'il était à l'arrêt à un feu rouge. En plus des dégâts à l'arrière de son véhicule, il se plaignait de douleurs à la nuque. Le fameux coup du lapin. Le dossier se présentait comme suit : ITT 7 jours (sans arrêt de travail), souffrance 2/7 et taux AIPP (atteinte à l'intégrité physique et psychique) 2 %. Le tout pour un montant total d'indemnisation de sept mille euros. La victime possédait une Volvo S70 de 1998. Sur ces modèles, la ceinture de sécurité à trois crans se tend immédiatement en cas de choc, il n'y a donc pas d'effet élastique avant le blocage, c'est-à-dire que le corps n'est pas projeté, avant d'être brutalement ramené contre le siège par la tension de la ceinture. L'ergonomie de l'appuie-tête ne laisse pratiquement pas d'espace vide entre lui et la tête du conducteur. Mais bon. L'homme souffrait. Mon métier cependant m'interdisant la compassion, j'avais décidé de faire contrôler son emploi du temps par un détective privé – soixante-dix euros de l'heure. Après deux fois quatre heures de surveillance, il rapporta des clichés photographiques où l'on voyait très bien mon petit lapin au Macumba, en train de danser en compagnie de deux jeunes femmes. On le voyait très nettement ; un excité du cou, un virtuose de la breakdance. De bien belles photos. J'avais rejeté son dossier d'indemnisation et reçu la merde de chien.

Ça ira, finalement je ne vais pas porter plainte.

De retour chez moi, je me suis servi un grand verre de vin. Je bouillais. Ma colère grondait. Elle n'était plus sortie depuis le Valium de mon adolescence, elle restait embusquée dans mes tripes, me condamnant petit à petit, mon petit crabe à moi. J'aurais voulu être fort, pouvoir aller casser la gueule au danseur, lui péter les dents, lui tordre le cou, lui faire bouffer sa merde de chien. La merde de tous ceux qui foutent notre vie en l'air. Insidieusement. Dans le déroulement hasardeux d'un cadavre exquis.

Le connard qui vous fait une queue de poisson.

Le poissonnier qui jure que vous lui avez tendu un billet de dix et non de vingt.

Le vin bouchonné que vous avez payé trop cher.

Cette chère Nathalie qui a donné un jour le premier coup de couteau.

Mais je ne pouvais pas. Je n'y arrivais pas. On me faisait du mal et c'est à moi que j'en faisais. J'ai beaucoup fumé, beaucoup bu, cette nuit-là, dans le silence de mon appartement. J'aurais aimé que vous soyez là, Joséphine et toi, je vous aurais demandé pardon, et j'aurais donné le mien au chimiste pour m'avoir inoculé ses faiblesses. Mais le pardon n'est pas dans notre nature, tu sais.

L'alcool a endormi ma colère. Mon atavique lâcheté a repris le dessus.

Cette nuit-là.

TOUTES MES BILLES

Je comprends que tu ne me parles pas beaucoup.
Je connais ta peine, j'ai eu la même à ton âge et,
aujourd'hui encore, elle est restée. Je frappais mon
oreiller, rongeais mes ongles au sang. Je jetais de
méchants bisquaillins, que j'avais échangés contre
toutes mes billes, sur les vitres des voitures, des
maisons ; j'aimais le bruit du verre qui se brisait. Je
ressentais la même chose. J'avais peur. J'avais peur,
comme toi. Un jour de douleur efface mille jours de
bonheur. C'est injuste. On aurait dû se parler davantage, toi et moi, mieux se connaître. Tu es un garçon
malin, intelligent. Tu sais, une fois j'ai demandé à
mon père pourquoi il y avait la pluie. Il a levé les
yeux au ciel, il a eu un mouvement d'épaules, comme
si ma question était débile. Il était chimiste, je sais
qu'il connaissait ce genre de choses, et aussi le pourquoi des orages et des marées. Mais il ne m'a pas
répondu. Il était sans doute trop occupé dans sa tête,
ou ma question revenait à mendier de l'amour ; et
ça le terrifiait. C'est difficile comme question, Léon.
J'ai cherché la réponse, pour le jour où toi aussi tu

me demanderais pourquoi il pleut. Mais tu ne m'as jamais posé la question.

Avec ta tante, on est restés avec notre père. Il ne savait même pas préparer une omelette, une mousse au chocolat, faire des tresses à Anna ni même faire fonctionner la machine à laver le linge. Il a pris une femme de ménage, puis ensuite, une femme, qui faisait la femme pour lui et le ménage pour nous. On ne se parlait pas beaucoup lui et moi, comme toi et moi.

Je sais que lorsqu'on est triste on ne se tourne jamais vers ceux qui pourraient nous consoler. Et que ça rend encore plus triste. On croit qu'on est venu au monde parce que nos parents s'aimaient et on découvre qu'ils ne nous désiraient pas assez pour rester avec nous. Grandir, c'est comprendre qu'on n'est pas autant aimé que ça. C'est douloureux. Moi aussi, je suis triste pour maman, triste qu'on ne soit plus une famille, que ça se soit passé comme ça, triste de voir que rien ne dure jamais. Que l'amour aussi est lâche. Si tu savais comme je suis fatigué, Léon, comme j'ai du chagrin, cette nuit, à cause de cette chose horrible, de ce que je suis en train de faire.

Et donc. Quand l'eau s'évapore sous le soleil, passe de l'état liquide à l'état gazeux, elle devient plus légère que l'air, s'envole et forme les nuages. Et lorsque les nuages passent au-dessus de températures plus fraîches, l'eau se condense et retourne à l'état liquide : ça fait la pluie.

Voilà la réponse, Léon.

Mais il y en a une autre que j'aurais tellement aimé te donner et que je crois plus juste. Elle vient des Maoris. Quand le monde fut créé, Ranginui et Papatūānuku – ou Rangi et Papa – vivaient enlacés en permanence l'un à l'autre, condamnant leurs enfants à grandir entre eux, à l'étroit, dans l'obscurité. Mais ce n'était pas du goût de leur fils Tāne qui, un jour, s'allongea sur le dos, et poussa Papa avec les bras, Rangi avec les pieds, jusqu'à les séparer.

Ranginui devint le père ciel. Papatūānuku la mère terre. Et la pluie, c'est l'immense chagrin de Rangi.

Je me souviens de notre joie lorsque tu es né. Tu arrivais trois ans après Joséphine. Nathalie a eu, semble-t-il, une nouvelle grossesse heureuse. Les trois derniers mois, elle ne sortait plus l'après-midi, elle préférait le calme, la fraîcheur de la maison. Les dernières semaines, elle a décidé de repeindre la cuisine, puis les chambres. Nous ressemblions alors à la parfaite petite famille des magazines, rose guimauve. Sur les photos de cette époque, Joséphine installe des peluches dans le lit de son futur petit frère. Joséphine embrasse le gros ventre de sa mère. Joséphine dessine, peint, prépare mille cadeaux de bienvenue. Joséphine fait le poirier dans le salon. Joue à la maman avec une poupée. Joséphine est belle. Nathalie plante des bulbes de jacinthe dans notre petit jardin. Nathalie montre en riant ses seins qui ont triplé de volume. Nathalie m'envoie un baiser. Dans notre cuisine, mon père sourit, sa femme lui tient la main ; Nathalie avait préparé du bar en croûte de sel au thym et le poisson était trop cuit. Sur les photos, on ne voit pas la cuisson du poisson. On ne voit pas les compliments menteurs : *le bar était parfait*. On voit notre nouvelle voiture. On me voit moi, couillon, à côté de la nouvelle voiture. On voit le vélo Barbie à trois roues. On voit Joséphine et Nathalie dans la baignoire. On voit Anna et son mari Thomas dans notre petit jardin, près d'une jacinthe fanée. On ne voit pas ma mère. On ne voit pas les mensonges. On ne voit pas le bébé que Nathalie n'avait pas voulu garder un an plus tôt parce qu'elle ne savait plus si elle m'aimerait toujours. On ne voit pas cet amour-là, bref et infini, immense et tragique. On ne voit pas mes larmes d'alors. Mes nuits d'alors sur le canapé. Mes insomnies d'alors. Le mal qui infusait alors. Le fauve qui se réveillait.

On ne voyait que le bonheur.

Son rire s'est envolé. Le vert de ses yeux s'est totalement dissous dans le gris. La douceur des mains a disparu, telle une peau morte. De temps en temps, une couronne de sueur apparaissait à son front, brûlante, comme un acide. Il avait déjà perdu du poids. La lèvre inférieure de sa femme tremblait, incontrôlable ; une sorte de tic, d'effroi, un cri qui répugnerait à sortir. Le mal de l'un réveillait la peur de l'autre. En quelques semaines, mon père était devenu gris. Un petit vieillard s'installait.

C'est à cause des cachets qu'on lui donne il est trop faible son corps est trop faible pour une vraie chimiothérapie c'est ce que nous a dit l'oncologue une femme très bien très dévouée très à l'écoute ah ce que j'ai pleuré Antoine tu ne peux pas savoir mais c'est mieux qu'il soit là avec moi qu'à l'hôpital on voit des horreurs à l'hôpital et dans son état c'est mieux qu'il voie des jolies choses je lui mets des comédies musicales ça le détend une comédie musicale ça finit bien en général c'est plein d'espoir.

La femme de mon père sombrait doucement. Lui, surnageait dans ses mensonges. Ce n'est rien. C'est bénin, détecté très tôt. Il n'y a pas à s'en faire.

La lèvre inférieure s'affolait. J'avais de la peine pour elle. Je me souviens qu'Anna et moi avions été méchants lorsqu'elle s'était installée à la maison, qu'elle avait rempli de ses affaires les armoires de notre mère, occupé la moitié du lavabo, descendu à la cave les Cardinal, les Barjavel et les Sagan restés là. Certains soirs, derrière la porte de sa chambre, nous l'écoutions sangloter. Ses larmes étaient nos victoires d'enfants. Lorsque notre père nous prenait à l'écart, nous suppliait d'être gentils avec elle, de lui donner une chance, nous nous enfuyions en criant : jamais ! jamais ! Nous la voulions malheureuse pour qu'elle parte, nous la voulions morte, voulions qu'elle ne soit plus là, qu'il n'y ait plus rien d'elle pour le jour où notre mère reviendrait. Mais l'une était restée et l'autre n'était jamais revenue.

Depuis la disparition de notre mère, il s'était mis à aimer la bière. Le soir, dans la cuisine bleue, il en buvait en silence jusqu'aux larmes. Dans l'ombre de l'escalier, assis sur les marches, en pyjama, Anna et moi l'épiions. Parfois, nous pleurions, nous aussi. Et parfois la petite main de ma sœur se glissait dans la mienne. Elle disait : *Je jure je réveillerai*. Parfois : *Pourquoi Anne pas*. Certains soirs, mon père s'endormait sur la table de la cuisine, la tête dans l'assiette. Le matin, lorsque nous nous réveillions, il n'était déjà plus là. Nous passions devant chez Lapchin avant l'école pour nous assurer qu'il s'y trouvait, qu'il était encore en vie, et il était là, et il fanfaronnait devant les esseulées, les tachées, les veuves, leur démontrant l'efficacité de ses formules.

Puis le chemisier de soie et sa jolie poitrine sont entrés dans nos vies. Notre père a arrêté les bières, dormi dans son lit et non plus à la cuisine. Elle lui a fait renoncer à la cigarette. Aux frites. À la charcuterie. Au mouton. À l'huile de palme. Au lait entier. Au chocolat. Elle n'en avait pas connu d'autre, elle le voulait pour longtemps celui-là. Pour l'infini, avait-elle précisé en souriant, rêveuse, au début ; avant tout ça.

L'infini a duré près de trente ans et s'achève en eaux. Larmes, sueur, pisse, bave. La laideur succède toujours à la beauté. Il ne reste jamais rien de beau.

J'ai jamais eu d'enfant mais depuis que ton père est malade j'ai l'impression d'en avoir un ça fait drôle ce sentiment on croit qu'on fait aussi les choses pour soi pour être inoubliée mais je crois que ce n'est pas vrai on est toujours seule et c'est ça qui me rend triste.

J'ai ouvert trois des six Leffe que j'avais apportées, cinq euros soixante-sept de petits vertiges.

Tu n'aurais pas dû, Antoine.

Si, si, c'est très bien, a dit mon père, au point où nous en sommes.

Nous avons trinqué. Aux comédies musicales. Aux métastases. Au temps qui s'était rafraîchi. Nous avons trinqué à n'importe quoi.

La vie nous glissait entre les doigts.

Je contente tu mon.

Elle avait souri lorsqu'elle m'avait dit ça. Ses yeux verts avaient brillé. Cela devait être quelque chose de beau, de lumineux. Le baptême de notre amitié. Un lien de survivants, qui ne se distendrait jamais. Je suis contente que mon docteur. Non. Je suis contente que tu m'accompagnes. Non. Non. Je suis contente que tu sois mon frère. Oui. Oui. Oui. Elle m'avait regardé, éperdue. J'avais été violemment heureux soudain. Sept ans d'indifférence polie s'effaçaient, nous devenions amis, indispensables à l'autre. L'absence d'Anne et de notre mère nous réunissait. Nous allions traverser l'enfance amarrés l'un à l'autre, nous allions nous protéger, elle n'aurait plus peur, je n'aurais plus froid.

Je suis contente que tu sois mon frère.

Je suis heureux que tu sois ma sœur, Anna.

Elle m'avait donné la clé, j'étais le seul à la comprendre. Pas besoin, comme les autres, d'émettre des hypothèses, de proposer les mots manquants, de s'énerver parfois. Elle parlait, j'écoutais son cœur. *Je jure je réveillerai* : je te jure que je me réveillerai toujours. *Pourquoi Anne pas* : pourquoi c'est Anne et pas moi. *Tu qu'on maman* : tu crois qu'on reverra maman.

Ce jour-là, je l'avais attendue à la sortie de sa première séance avec l'orthophoniste. Je lui avais acheté un franc de Malabar à la boulangerie, soit cinq chewing-gums du même rose que sa chambre. Du haut de mes douze ans, j'étais convaincu que, si elle mâchait, mâchouillait, mastiquait, les mots manquants reviendraient. Mais ils étaient restés emprisonnés dans la gorge de notre petite sœur morte. Un mot sur deux. *Merci je que vais gogole,* avait-elle dit en souriant lorsque je lui avais offert les Malabar. Merci mais je crois que je vais rester gogole. J'avais eu peur pour elle soudain. Quels amis pour une fille qui ne parlerait qu'à demi-mots ? Quel beau garçon un jour ? Quel aimable fiancé ? Quelle histoire d'amour quand j'ai envie de toi se dit *j'ai de* ? Ne me quitte jamais, *ne quitte,* et viens dans mes bras, *viens mes* ?

Et comment cela se passe quand on quitte quelqu'un avec un *je t'aime* qui veut dire je ne t'aime plus ?

Ce soir-là, lorsque nous étions arrivés à la maison, notre père nous attendait à la cuisine. Il avait acheté une goyère chez Montois, de la salade, des noix chez Vert Pré, des glaces. Il avait voulu un repas de famille, le premier sans elles. Une petite eucharistie. Ses yeux étaient rouges, le vert se délavait déjà, la boue gagnait. Il avait essayé de nous faire sourire. Il avait parlé de l'été prochain, demandé où nous aimerions aller. Faire du bateau. De l'escalade. Un pays étranger, peut-être, le Mexique, le Guatemala. Des pays dont les noms seuls étaient des voyages. Vanuatu. Zanzibar. Vous voulez encore de la goyère ? Elle est bonne, pas trop grasse. Ils ne mettent jamais trop de beurre chez Montois. Vous saviez que le beurre fond à 30° ?

Et lorsque Anna avait enfin ouvert la bouche, *ça sert rien, ce pas goyère les, qui des à dans maison, courses l'escalier, pas qui qu'on encore famille, pas l'amour,* il ne l'avait pas comprise. J'avais alors serré la main de ma sœur, sous la table. Nous étions seuls.

— Mais, mais, vous n'écoutez pas, je vous dis qu'elle était comme neuve.

— Neuve ? Une voiture de 1985 ?

— Exactement. De mars 85. Achetée neuve à Onnaing. Parfaitement entretenue. Pas une rayure. Pas une tache de rouille, monsieur. Pas un chtar.

— Une voiture neuve de vingt-deux ans, en somme. Je comprends qu'elle ait intéressé des voleurs.

— Et très peu de kilomètres. Je cherchais le pain tous les matins avec elle. Et le dimanche, une grande balade. Sauf quand il pleuvait. Et c'est tout. Si, une fois, j'ai dû monter à Paris avec elle quand Yvette, Yvette c'est ma femme, a eu ce truc au cœur. Un syndrome de Marfan.

— Je suis désolé, monsieur.

— Quand même. Vos deux mille euros, je les trouve raides.

— Mille huit cents, monsieur Grzeskowiek.

— Grzeskowiak.

— Grzeskowiak. Mille huit cents auxquels j'ai ajouté deux cents euros, justement à cause du peu de kilomètres.

— Mais qu'est-ce que vous voulez que je fasse avec deux mille euros. Il n'y a aucune voiture neuve à ce prix-là. Je veux ma Fuego. C'était une GTS. Jaune. C'est tout.

— Je comprends. Mais je ne suis pas David Copperfield.

— Qui ça ?

— Rien. Un magicien. Ce que je veux vous dire, monsieur Grzeskowiek-wiak, c'est que j'ai fait le maximum pour votre indemnisation. J'ai pris la cote la plus haute qui soit, plus deux cents euros.

— Je n'ai pas été mal élevé et je ne pense pas avoir jamais été grossier, monsieur. Mais vous pouvez vous les foutre au cul vos deux mille euros. Moi, j'avais une voiture comme neuve. Maintenant, je n'ai plus de voiture et je ne pourrai sans doute jamais plus m'en acheter une. Vous êtes un minus, un minable, sans compassion. Une crotte de bique. Une énorme crotte de bique. Les gens souffrent autour de vous, et vous ne faites rien. Vous les enfoncez davantage. Je vous souhaite de caner en baguant. Bonsoir, monsieur.

Toute l'histoire de ma vie.

J'avais minci. Il me fallait de nouveaux pantalons, quelques chemises. T'es un *expert* maintenant, plus un étudiant, s'était moqué FFF, faut que tu sois classe. Je m'étais rendu un samedi après-midi au Printemps. Beaucoup de monde, femmes, enfants, la queue partout, aux caisses, aux cabines d'essayage. Enfin, ça avait été mon tour. Dans la cabine, j'avais essayé des pantalons. L'un d'eux m'avait paru convenir, mais nécessitait qu'on y fît un ourlet. Je sortis de la cabine afin de chercher une vendeuse. Une femme quitta la sienne au même moment. Elle portait une robe blanche serrée, et n'arrivait pas à fermer seule la longue fermeture Éclair dans le dos.

Nos regards s'étaient croisés.

J'avais aussitôt ressenti ce qui foudroyait les hommes. L'œil fascinant du serpent. Sa proie. Ma paralysie soudaine. J'avais survécu pour ce regard-là, qui traçait une île dont j'étais le centre.

Nos regards s'étaient croisés, et pour la première fois de ma vie je m'étais senti si convoité, tant désiré, que l'abandon de moi-même ne me paraissait plus être une forme de lâcheté mais d'amour.

Nos regards s'étaient croisés, et mon instinct de survie commandait de me perdre en elle ; me promettait de futurs vertiges, ces promesses qui nous font justement survivre aux désastres de l'enfance.

Alors, pour la première fois, j'avais osé.

J'avais tendu le bras. Ouvert la main. J'avais remonté sa fermeture. Mes doigts tremblaient parce qu'ils n'avaient jamais fait ce geste. Sa peau était douce, caramel clair. Elle ne s'était pas contemplée dans le miroir au milieu des cabines, elle m'avait regardé, moi. Se jaugeant dans les minuscules miroirs de mes yeux, elle s'était mise de profil. Le droit, le gauche. Elle avait pris une pose de biche, ajusté les épaules de la robe à mes yeux, et elle s'était regardée dans mon regard. Incroyables. Elle. La robe. Elle avait souri, pincé ma manche, m'avait entraîné dans sa cabine. Là, elle avait levé les bras, ouvert la fermeture Éclair, près de son cou, l'avait descendue jusqu'au milieu du dos. Et j'avais osé encore. J'avais relayé son geste. D'un léger mouvement d'épaules, puis de hanches, elle avait laissé glisser sa robe sur le sol. Un anneau blanc, une bague de fiançailles. Elle avait une jolie poitrine. Pâle, lourde. Un corps gracieux. Elle avait enfilé une autre robe, noire celle-là, m'avait regardé la regarder. Ensorcelante. Elle s'était déshabillée à nouveau. Une jupe, cette fois. Une jupe crayon, bleu de Berlin. J'ai tremblé quand, une fois boutonnée sur le côté, elle avait vrillé la jupe sur sa taille. Un tourbillon.

Un ralenti vertigineux. Elle avait posé ses mains sur ses hanches, nos yeux ne se quittaient pas. Le serpent pouvait mordre, qu'importe, j'étais heureux. Puis elle m'avait dit merci, d'une belle voix, un peu grave.

Je vais prendre la noire et vous, vous feriez bien de le prendre en vert foncé.

Elle avait souri. J'avais baissé les yeux sur mon pantalon aux jambes trop longues, petit garçon de vingt-cinq ans en train de muer. J'aurais alors dû. Mais on ne se précipite pas chez nous. On n'apprend pas à bousculer et à se servir. On attend juste une invitation, parfois une convocation.

J'étais retourné dans ma cabine, tremblant, m'étais assis quelques minutes sur le petit banc.

Un instant plus tard, une main couleur caramel clair, un avant-bras reptilien s'étaient insinués entre les pans du rideau, les doigts avaient laissé tomber un petit morceau de papier. Dix chiffres. J'avais remis mon pantalon à toute allure, failli tomber, abandonné tous les vêtements dans la cabine.

Je venais de rencontrer Nathalie. Ta maman. Mais, bien sûr, elle avait disparu.

Notre père nous donnait parfois des nouvelles d'elle.

Elle va bien. Elle a trouvé un travail. Nous avons divorcé.

Des larmes étaient montées aux yeux d'Anna, les miens s'étaient mis à piquer. Divorcé. Le mot faisait d'un coup trois nouvelles victimes. Maman. Enfance. Retrouvailles. Désormais, nous devions grandir vite, ma sœur et moi.

Elle habite à Bagnolet, près du périphérique, elle dit qu'elle est contente de son travail, qu'elle s'est fait quelques amis. Elle pense à vous. *On verra papa ?* J'avais traduit. On la verra quand, papa ? Je ne sais pas, pas tout de suite, elle a encore besoin d'être seule. Mais elle voit ses amis, et pas nous ? Je ne sais pas, Antoine, ne me demande pas ce que je ne sais pas.

Sur son annulaire gauche, l'alliance dorée avait laissé une crevasse rouge, comme la cicatrice d'une brûlure, j'espérais de toutes mes forces qu'elle lui fasse mal, très mal, que le doigt pourrisse, finisse par tomber, gangrène son bras puis son cœur. On grandit mal sans l'ombre d'une mère. On grandit de traviole. On devient des ronces.

Un samedi, après nos séances respectives chez l'orthophoniste et le psychologue, Anna et moi avions marché jusqu'à la gare au lieu de rentrer à la maison. Nous étions passés devant le Palace, devant une immense affiche peinte du dernier film avec les seins d'Edwige Fenech, et étions entrés dans le hall de la gare venteuse. J'avais protégé Anna de quelques mains boursouflées, baladeuses et tristes, des mains de voleurs d'enfants, je n'avais pas oublié la tragédie de l'aviateur américain. Nous avions attendu au guichet qu'on nous donne enfin la réponse.

Cambrai-Bagnolet, changement à Douai, à Paris, gare du Nord, prendre le bus 26 pour la porte de Bagnolet, après, c'est vos petites guibolles qui bossent. Vous avez la carte famille nombreuse ? Non. Alors ça fera deux cent vingt-cinq francs aller-retour. Chacun.

Deux cent vingt-cinq francs, c'était une fortune, dix, peut-être onze, livres de Sagan, deux cent quatre-vingts barres Mars, cinquante-cinq paquets de Gitanes sans filtre. Les doigts d'Anna étaient des larmes dans ma main.

Alors les enfants, on se décide ? C'est qu'il y a du monde, z'êtes pas tout seuls. Si, madame, justement, nous sommes tout seuls.

Nous étions repartis honteux, déchirés et sales. Nous étions rentrés à la maison par le chemin le plus long, celui qui évitait Lapchin, Montois, Le Vert Pré, celui qui évitait tous ces endroits où nos parents étaient allés ensemble en faisant croire qu'ils étaient heureux.

À la maison, j'avais préparé le goûter de ma petite sœur. Une banane saupoudrée de cassonade, un verre de citronnade ; que du jaune. Elle n'aimait plus le rose depuis qu'Anne ne s'était pas réveillée. Je lui avais juré ce jour-là de trouver l'argent pour rejoindre notre mère. *Tu faire ?* Je ne sais pas Anna. Je le volerai s'il le faut. Je tuerai, s'il le faut.

Promesse de lâche, je sais.

Il devait y avoir des voitures volantes. Des courses à dos de poissons. L'énergie solaire devait remplacer le pétrole. Il devait y avoir des robots pour faire ce qui avilissait les hommes. Ramasser les poubelles, les crottes de chien, le vomi. Faire l'amour aussi, dans la noirceur des impasses, les parcs touffus ; à la place des petites filles, à la place des femmes perdues. Il ne devait plus y avoir de violences. Tout le monde devait avoir son ordinateur. Plus personne ne devait être seul. Chacun aurait son téléphone portable, on appellerait les gens qui souffriraient, on les sauverait, on les ramènerait à la vie. J'avais grandi dans l'idée qu'il y aurait de l'eau en Afrique, de l'aspirine, des antibiotiques. L'électricité ne ferait plus qu'éclairer le monde, on ne la brancherait plus sur les testicules d'un homme, là-bas, sur la terre jaune du désert. On irait en vacances sur la Lune, sur Mars, Jupiter ; on volerait autour de Saturne. On commencerait à rêver de téléportation. Des cœurs en plastique sauveraient les cœurs des hommes. Le corps serait réparable. On aurait des doubles, des pièces détachées. On allait vivre en parfaite santé jusqu'à cent vingt, cent trente ans. Alzheimer et cancer deviendraient des noms anciens, deux hiéroglyphes. On serait heureux. On allait tous être heureux. Et l'an 2000 est arrivé.

Nos rêves d'enfants devaient se réaliser mais nous étions déjà adultes. L'argent n'avait rien guéri. L'ombre gagnait. Des affamés ont dépecé une bête au pied d'une ferme à Saint-Antonin, dans le Tarn-et-Garonne, ils ont laissé les entrailles, embarqué les deux cent vingt kilos de bidoche. Ailleurs, des poules, des dindons, des canards se sont envolés. On a accusé les renards. On a accusé les loups. Les hommes portent de drôles de noms lorsqu'ils ont faim. On a arraché une tonne de pommes de terre. On a siphonné du gasoil. Du vin rouge. Des pots de fleurs, des clôtures, des tondeuses ont disparu. Des mobylettes pourries. Des boulons, des câbles. Des caténaires. Des trains ont déraillé, la tôle a tranché des corps vivants, décapité de jolis visages. La colère grondait, les fauves se réveillaient. Des familles entières sont venues manger dans les hypermarchés, jetant par terre les paquets vides, chiant sur les parkings. À Lyon-Part-Dieu, quatre vigiles ont battu à mort un SDF pour une bière volée. On a escroqué les assurances et j'ai reçu de la merde de chien. J'ai vu un élégant grand-père en compagnie de sa petite-fille en Bonpoint voler un paquet de biscuits au Relais H de la gare de Lille, pour deux euros soixante. Juste deux euros soixante. Des femmes mendiaient dans les rues, un enfant dans les bras, assommé par de grandes cuillerées de sirop à la codéine. On coupait l'eau potable à ceux qui ne pouvaient pas payer leur loyer. À Bagnolet, ma mère se faisait voler et nous ne le savions pas.

On ne m'avait pas prévenu que ceux qui vous aiment peuvent vous tuer.

Les ombres gagnent, l'obscurité me terrifie.

Nous ne sommes pas allés à Zanzibar ni au Mexique. Il n'y a eu ni bateau ni océan.

Pour ce premier été sans elles, notre père nous a finalement envoyés un mois en colonie de vacances à Bourg-d'Oisans, une jolie commune de l'Isère, une altitude moyenne de 1 900 mètres. *Ça dire est du et maman ?* Non, Anna, ça ne veut pas dire qu'on est près du ciel et de maman, ça veut dire que nous sommes perdus.

Il y avait une centaine d'enfants, une douzaine de moniteurs/monitrices. Des activités de plein air. Ballons. Petites escalades. Descentes vertigineuses en rappel pour les téméraires. Des randonnées, de longues balades jusqu'au lac du Lauvitel. Des barbotages dans l'eau. Des rires, des éclaboussures. Des genoux écorchés aux pierres. Des premiers baisers, en cachette, sous l'eau parfois. Des caresses troubles. Nous regardions le pic de la Meije avec crainte. Rêvions d'évasions, de vent qui nous emporterait jusqu'à Bagnolet, près du périphérique ; la pureté de l'air donnait des ailes.

Des gamins criaient, leurs cris s'envolaient, effarou-
chaient les oiseaux. Le midi, nous pique-niquions
dans les petites cartes postales des Écrins. Ciel bleu,
herbe verte et grasse, adonis flammés, lis blancs,
brocatelles d'or. Le soir, dîner au camp, autour de
grands feux. Les moniteurs jouaient de la guitare,
on chantait des choses faciles, mille fois entendues
dans les autoradios, les monitrices dansaient, leurs
peaux brillaient tandis que les garçons avec des
poils sous les bras faisaient des paris stupides : vingt
ou vingt-cinq francs, et je pelote Lolo la mono aux
gros lolos. Et quand venait l'heure de nous séparer,
de rejoindre les tentes pour la nuit, de guerroyer
avec les moustiques et se méfier des serpents, Anna
et moi restions ensemble.

Le jour de notre arrivée, j'avais confessé le vide,
les vertiges, notre peur d'être désunis. J'avais expliqué le langage mutilé, raconté les moqueries à l'école
– c'est la fille qui parle comme un bébé, la fille qui
sera un gros boudin parce qu'elle mange les mots, la
fille qui sait même pas dire un deux trois… soleil. Le
monstre ! Le monstre ! La cruauté des enfants avait
la violence de celle de nos pères. L'enfance durait si
peu de temps, elle s'enfuyait à l'instant même où l'on
ouvrait les bras, où l'on commettait l'erreur de penser qu'elle reviendrait d'elle-même. Garder sa part
d'enfance était le seul moyen de rester vivant. Le
directeur de la colonie l'avait compris. Il avait installé
une petite tente pour Anna et moi où nous pouvions
chuchoter tandis que les autres, une fois les lampions

éteints, devaient se taire. Elle posait sa tête sur mon épaule ; dehors le froid de la nuit piquait, nous nous collions l'un à l'autre, *parle de*, me soufflait-elle. Et je lui parlais de notre mère, de l'odeur merveilleuse du menthol, d'une mousse au chocolat une fois, extraordinaire, des soufflés au fromage souvent ratés, du riz trop cuit, du frigo vide, des bières tristes. *Parce avait chagrin.* Oui, elle avait du chagrin. Et elle me parlait d'Anne, on souriait.

Elle savait qu'Anna allait avoir envie de faire pipi avant même qu'elle le sache elle-même, et Anna savait qu'Anne aurait mal au ventre avant elle, ou qu'elle aurait envie de lire ce livre-là, de porter cette robe-là.

J'étais seul à la comprendre.

Cet été-là, j'avais demandé à une monitrice de m'apprendre à faire des tresses, l'égyptienne, la trois brins, la cinq brins. Je tricotais à Anna toutes sortes de couronnes châtains. Ma sœur était ravissante. Un garçon de son âge s'était approché doucement, un gracieux petit renard. Elle avait rosi avec délicatesse, m'avait regardé fière et perdue.

Lors d'une journée au Jardin botanique du col du Lautaret, dans la rocaille arctique, le garçon avait arraché une linaigrette et l'avait offerte en cachette à Anna. C'était une fleur étrange, une tige surmontée de cheveux de coton. Une princesse de la toundra en miniature, une sorte d'ange. Ma sœur avait alors prononcé une phrase complète. *Merci.* Et le garçon avait eu un très beau sourire en lui répondant *je trouve jolie*. Je te trouve très jolie.

Nous n'étions plus seuls au monde. Il y avait Thomas avec nous désormais.

QUATRE-VINGT-QUATORZE CENTIMES

Les cachets n'avaient eu aucun effet. Mon père avait encore perdu du poids. Son teint gris devenait cireux. Un jaune de cierge d'église. Une prière fanée. La douleur sourdait maintenant, elle sortait, sanguinolente, par l'anus, par la gorge, en billes de verre pilé. Elle occasionnait de la dyspnée. Les mains tremblaient, laissaient parfois échapper la petite bouteille à quatre-vingt-quatorze centimes : la bière faisait alors comme une tache de pisse sur le pantalon. La laideur triomphait. Les vêtements, désormais vides, comme des grands sacs, injuriaient le corps ratatiné. Je lui ai apporté trois costumes neufs, trois tailles différentes, qui allaient en rapetissant. Il doit garder sa dignité, ai-je murmuré, épouvanté. La cruauté du mal semblait sans limites.

André tu entends ton fils il t'a acheté des vêtements pour que tu sois chic il a toujours été chic ton père même avec sa blouse blanche en fait je crois que j'ai aussi craqué pour sa blouse blanche quand il était chez Lapchin on aurait dit un grand docteur tu te souviens de Lapchin ce qu'il était brillant et drôle ton père il nous rendait toutes folles et quand votre pauvre maman est partie on se demandait toutes s'il la remplacerait un jour vous étiez si jeunes Anna et toi vous ne pouviez pas grandir sans une maman personne ne peut et ta petite sœur mon Dieu ta petite sœur et c'est moi qu'il a choisie va savoir pourquoi va savoir pourquoi.

Tu étais gentille, a articulé faiblement mon père.

Gentille. J'ai souri. La gentillesse ne fait pas l'amour. Elle fait le compagnonnage. Une promenade de trente ans tout au plus. Mon père n'avait sans doute aimé personne et, dans tous les malheurs dont il m'avait affublé, il y avait peut-être aussi celui-ci : l'incapacité de se laisser aimer. Sa plus grande faiblesse. Notre plus grande faiblesse à tous, désormais.

Papa, si tu veux faire du Riva sur le lac de Côme ou traverser la Provence en Bentley, boire du pétrus de 1961 ou de 1990, c'est maintenant. C'est maintenant que tu dois me le dire, que tu dois nous le dire. Tu as le droit de choisir ce qui ne dure pas, tu as le droit de choisir la légèreté, de laisser triompher ton bon plaisir, ton égoïsme, tu n'as plus le droit aux regrets.

La femme de mon père s'est éloignée. Elle pleurait. Elle ne voulait pas qu'il voie la tristesse, qu'il voie sa terreur à l'idée d'être seule demain, demain matin peut-être, dès l'aube ; sa frayeur de soudain n'avoir plus rien.

C'est ça le plus dur Antoine dans l'idée de me retrouver seule ne plus savoir ce qui va se passer dans quinze minutes dans cinq minutes même une minute quand il me demande une tomate farcie un bol pour cracher même quand il tousse et que le verre déchire sa gorge je me sens tellement vivante tellement oh je suis si triste.

Le mal fait toujours d'inquantifiables dommages collatéraux.

Si tu veux regarder les albums des jumelles, revoir Anne, c'est maintenant, papa. Sa main rouillée s'est posée sur mon avant-bras. Il respirait difficilement, il laissait du temps passer. Oui. Je voudrais une chose. Te conduire auprès de la petite Anglaise, c'était bien Patricia son prénom, non ? Et si son père nous fait des histoires, j'ai une petite pipette d'acide propanoïque avec moi. Non mais. Son sourire ressemblait à une grimace. Une petite victoire. Je pleurais.

Pourquoi est-ce lorsqu'on les perd qu'on croise enfin ceux qui nous ont manqué ?

J'ai mis douze jours avant de rappeler Nathalie. Chaque jour, je me disais j'appellerai tout à l'heure, j'appellerai demain.

Des années plus tôt, alors que nous étions en colonie à l'Alpe-d'Huez, j'avais enfin reçu la lettre que j'attendais tant. La lettre d'Amandine P*. Nous avions à peine seize ans, regards en coin, moues gourmandes ; des enfantillages aimables. Avant les grandes vacances, je lui avais demandé de sortir avec moi, et elle m'adressait enfin sa réponse. J'avais glissé l'enveloppe dans l'une de mes poches, attendant ce qui me semblerait être le meilleur moment pour l'ouvrir, savourer ses mots, parce que, bien sûr, c'était une lettre d'amour, et qu'une lettre d'amour on ne la gâche pas à la lire dans le bruit des autres. J'avais attendu un jour, deux jours ; une semaine était passée. La nuit, je respirais la lettre, rêvais les mots d'Amandine. Lorsque mes doigts effleuraient le papier de l'enveloppe, mon cœur s'emballait doucement, j'étais heureux, j'attendais.

Un matin, nous étions montés au refuge du vallon de la Fare, pour une randonnée sur l'Alpette et la découverte du lac du Milieu, celui de la Fare. Il avait plu la nuit précédente, et l'air était étonnamment doux, une caresse tiède. Dans le ciel inouï, deux aigles volaient très haut, comme au ralenti. Anna et Thomas marchaient devant moi, ils riaient mais je ne les entendais pas. C'était l'instant parfait. J'avais alors décacheté l'enveloppe, déplié la feuille en tremblant.

Non. Elle n'avait écrit que ces trois lettres. N. O. N. Non, je ne sortirai pas avec toi, non, tu ne me plais pas assez pour ça, disait la parcimonie de sa plume. J'avais blêmi. J'ai marché un peu vite, avais-je prétendu au moniteur inquiet. C'est l'altitude. Puis le sang avait à nouveau bouillonné dans mes veines et je m'étais mis à sourire. La lâcheté prend parfois de drôles de tournures, tu sais. La mienne venait de m'offrir vingt jours de bonheur à rêver les jolis mots d'Amandine P* que ses trois maudites lettres ne pourraient jamais me reprendre.

Mes douze jours d'attente avant d'appeler Nathalie ont été de la même veine que ce bonheur-là. Et la même crainte aussi, lorsqu'elle a décroché. Mais ç'a été oui. Oui. Cela dit, vous avez pris votre temps. Vous êtes du genre timide. Oui. J'aimerais bien vous revoir. Un café, si vous voulez. Oui. Ou un verre de shiraz. Je préfère. Australien alors. Plus fort, plus tannique. Vous avez raison, avec une viande rouge. Une viande rouge, c'est parfait. Oui, dînons, je suis d'accord. J'en ai envie. J'en ai envie, aussi. Ce soir. Votre robe noire. Votre pantalon vert. Ah, vous ne l'avez pas pris finalement. Je. En fait. J'ai couru après vous et je vous ai ratée. Et vous m'avez ratée.

Et elle avait ri. Et son rire avait été une lumière.

Nous ne nous sommes pas embrassés après le dîner. Nous ne sommes pas montés chez l'autre. Elle était en train de quitter quelqu'un. Un quelconque. Elle ne voulait pas que nous naissions dans le trouble, dans le salaud. Elle voulait repartir de zéro. Elle voulait une page blanche.

Tous les hommes en rêvent. Mais pour notre malheur, nous ne découvrons ce qui est écrit qu'à la fin.

Ta mère a abandonné son quelconque, et on s'est revus aussitôt après. On était incroyablement amoureux. Des idiots de douze ans. On ne se quittait pas d'une semelle, même pour aller faire pipi. Tu ne nous as jamais vus comme ça : on se donnait à manger, on buvait dans le même verre, on échangeait nos T-shirts, nos brosses à dents ; tu ne peux pas l'imaginer, je sais. Moi non plus, je n'ai jamais vu mes parents heureux ensemble, dans cette petite musique du bonheur. Jamais un baiser, jamais un regard joli. Mon père, si, un peu, avec sa femme, mais c'était déjà de la tendresse. De l'après. Ta mère était belle, Léon, je me réveillais la nuit pour la regarder, j'écoutais sa respiration. Les hommes se retournaient sur elle, dans la rue, ça la faisait rire et son rire était lumineux et son rire attirait les bienveillants. Et les méchants, aussi. J'hésitais entre la fierté et la jalousie, au début, et puis ces mots-là ont disparu. Je pensais juste que j'avais eu de la chance, que c'était moi qu'elle avait choisi ce jour-là, dans la cabine d'essayage du Printemps. Moi avec lequel elle voulait des

93

enfants, Joséphine, toi ; boire des *blood and sand* au bar d'un hôtel au nom imprononçable, au Mexique ou ailleurs ; avec qui elle voulait vieillir. Celui qu'elle voulait rendre heureux. Je pensais que c'était à moi qu'elle offrait ce qu'elle refusait aux autres, mais l'amour rend aveugle, et sourd, et seul, et mutile, et on ne le sait qu'après.

On s'est installés ensemble dans un bel appartement près de la grand-place, près des bureaux que je partage aujourd'hui avec FFF. Et puis Joséphine est arrivée ; ce n'était pas tout à fait le bon moment pour elle parce qu'elle venait d'avoir son travail chez Decathlon quelques mois auparavant, qu'elle s'était battue pour ça, qu'elle avait peur de ne pas être reprise. Mais on l'a reprise. On l'attendait. Tout le monde l'attendait, tout le monde l'aimait. Elle travaillait beaucoup déjà, elle s'occupait de toute la publicité, les catalogues, les promotions. Elle rentrait souvent tard. Je m'occupais de ta grande sœur. J'avais acheté un disque de comptines, c'est drôle, je m'en souviens parfaitement, un disque d'Henri Dès, au Furet du Nord, quatre quatre-vingt-dix-neuf. Je n'en connaissais aucune. On ne m'avait jamais chanté de comptine. J'ai grandi dans le silence, dans le grand vide, mais je suis resté vivant et ce fut une grâce, malgré tout. Mais c'est fini maintenant, je suis fatigué.

Joséphine est allée à la crèche. On est devenus moins amoureux, ta maman et moi, on n'avait plus douze ans, on a eu chacun notre brosse à dents. On avait vieilli d'un coup. Et puis, avant que tu arrives, elle a pensé qu'elle ne m'aimait peut-être plus, qu'on n'aurait pas de Mexique, pas de tendresse, celle de l'après, celle qui mène au bout ; on était très tristes. Je dormais sur le canapé. Je buvais du vin dans le noir. Quand je me réveillais, la tête en feu, ta maman était déjà partie, ta sœur était à la crèche. Je crois que c'est à cette période que j'ai commencé à ne plus aimer ma vie.

Je ne l'ai pas su. Je l'ai senti.

J'ai senti les mains rôder, les lèvres goûter, les yeux caresser. J'ai senti les mots nouveaux qui s'étaient insinués. J'ai senti le geste plus lourd pour remettre une mèche. Un geste sans ambiguïté possible. J'ai senti le mal. J'ai senti l'abîme. J'ai senti mon cœur s'ouvrir, se déchirer. J'ai senti les larmes. Les brûlures. J'ai senti le fauve se réveiller. La colère gronder. L'orage, tous les orages. J'ai senti le sens du mot chagrin. La douleur immémoriale des femmes. J'ai senti l'âcre, le sale. J'ai senti les doigts qui sentaient le mensonge. La trahison. Le regard qui coulait. Se posait deux millimètres plus loin que d'habitude. J'ai senti les grammes de sucre en trop dans le café. L'odeur nouvelle du shampooing. Les amandes douces dans le savon. J'ai senti les phrases plus courtes, plus évasives, plus floues. J'ai senti la pression des bras plus forte autour de notre petite fille. Les baisers humides. J'ai senti des pardons qui ne s'exprimaient pas. Les poupées soudain deux fois plus chères : les petites indulgences. J'ai senti la peur. J'ai senti les souffles courts, la nuit. Les talons plus hauts au réveil. Le rouge à lèvres légèrement plus rouge. Les ongles plus longs. Les griffes. J'ai senti un dos. Des os. Une peau pâle. J'ai senti l'abandon. L'extase. Les petits paradis. L'odeur de foutre. J'ai senti le froid. Le vent. L'orage, tous les orages. J'ai senti mon sang se glacer. J'ai senti l'eau froide. Le nénuphar chaud de mon sang. J'ai senti le monde s'écrouler quand Nathalie m'a trompé.

QUATORZE MILLE TROIS CENT
QUATRE-VINGT-UN EUROS

La carcasse calcinée de la voiture avait été retrouvée par la gendarmerie trois jours après la déclaration du vol, en bordure d'un champ à Wambrechies. Il s'agissait d'une Renault Clio II, 2.0 16v, de novembre 2006. L'assurance m'avait dépêché sur les lieux afin de découvrir s'il y avait ou non fraude, selon le principe que l'assuré était toujours présumé de bonne foi et que c'était à la compagnie d'apporter la ou les preuves d'une escroquerie. J'avais examiné le point de départ du feu (le siège avant) et le front de progression des flammes (le capot avant). Cette version n'ayant pas de sièges électriques, j'avais aussitôt écarté l'hypothèse d'un court-circuit. L'expérience montrait qu'un feu qui prenait sur un siège d'auto avait tendance à monter le long du dossier, enflammer le toit qui, sous la chaleur, se mettait à fondre, alors les flammes léchaient la carrosserie au gré du vent, la peinture cloquait, brûlait, atteignait plus de 1 000°. J'avais examiné le Neiman et n'y avais trouvé aucune trace d'effraction. Si le feu avait détruit 99 % des indices de fraude potentielle, ma conviction était que c'en était une. Je m'étais donc rendu chez la propriétaire du véhicule prétendument volé et j'avais rencontré une jeune femme, enceinte de six mois. Elle m'avait fait asseoir dans son élégant petit salon, nous avait réchauffé deux tasses de café. Il n'y avait aucune photographie sur la cheminée ni sur la commode. J'avais posé quelques questions sur les circonstances du vol, ses réponses paraissaient plausibles, mais, très vite, elle avait fondu en larmes. Ce n'est qu'une voiture, avais-je dit, ce n'est pas bien grave, et puis ce n'est pas un modèle qui a disparu, une auto de collection. Elle avait fait non de la tête. Non, non, ce n'est pas ça. J'avais un instant pensé à Nathalie qui sanglotait parfois, lorsqu'elle attendait Léon. Elle posait ses deux mains sur son ventre déjà gros, elle me regardait et elle pleurait et je n'avais pas de mots pour ça, pour notre détresse. C'est mon mari, avait-elle murmuré. Il est parti. Il ne supportait pas l'idée d'avoir un enfant. Il n'en voulait pas. C'est moi qui en voulais un. J'avais reposé ma tasse de café. Et vous avez arraché toutes les photos où vous étiez deux, et vous avez mis le feu à la voiture qu'il vous avait offerte, et vous pensez que votre vie est finie ? Elle avait opiné. Ses larmes l'empêchaient de parler, l'étouffaient. Je m'étais souvenu de ce jour où Nathalie était revenue de la clinique en disant c'est fini, il est parti, le bébé est parti. J'avais failli tout casser dans notre maison, mais c'est en moi que j'avais laissé se casser les choses, les utopies, la mansuétude. Cette nuit-là, j'avais dormi avec Joséphine, je l'avais gardée dans mes bras et son souffle chaud, régulier, au parfum aigre de lait caillé, m'avait bercé. Cette nuit-là, j'avais voulu retourner là-bas, au monde de l'enfance, des illusions qui ne blessent pas, du sang qui n'est encore qu'une couleur, pas encore une douleur. Cette nuit-là, Nathalie était partie elle aussi, elle avait dormi ailleurs, loin de nous. Elle était sans doute partie chercher des mots à mettre sur tout ça, des mots menteurs, des hontes acceptables.

Je suis payé pour payer le moins possible, pour n'avoir ni cœur ni compassion, je n'ai pas le droit de tendre la main au naufragé, il n'y a pas de place en moi pour la gentillesse. On m'a amputé de l'attendrissement, on a fait de moi un salaud ordinaire et je me suis laissé faire. Je devais dire non au malheur des autres. N'est-ce pas, monsieur Grzeskowiak ? On m'a demandé de vous laisser couler, en échange, on vous a laissé le droit de m'insulter. L'obéissance est la fierté des lâches, notre Légion d'honneur.

Brusquement, la bête s'était mise à gronder, ses crocs avaient saisi mes entrailles. Une douleur acuminée, une note très longue, aiguë. La jeune femme avait sursauté. Et si la désobéissance était le début de la paix ? Désobéir, décider, au risque de mettre sa vie en danger, et si c'était dans ce danger, justement, que se trouvait le salut ? La dignité de soi. Les retrouvailles de soi.

Je vais conclure qu'on a bien volé votre voiture, madame, et que le ou les voleurs y ont ensuite mis le feu, en aspergeant d'abord le siège conducteur puis la portière avant droite ouverte, puis le capot, d'une matière combustible, probablement du white-spirit ou du dégivrant pour vitres, et qu'à la faveur de la présence d'oxygène et d'une source d'inflammation, sans doute une cigarette, la voiture s'est embrasée.

Au milieu de son masque de larmes, son sourire triste était devenu beau. Pourquoi faites-vous ça ? J'avais hésité une seconde.

Pour me rappeler que j'ai encore un cœur.

Deux jours après la remise de mon rapport d'expertise et de mon accord pour une indemnisation à la valeur à date du véhicule, soit quatorze mille trois cent quatre-vingt-un euros, j'ai été convoqué au siège de la compagnie.

J'étais viré.

Quelques jours avant le premier Noël sans elles, nous avions reçu une carte postale de notre mère, un coucher de soleil sur la tour Eiffel. Son écriture tremblait. *Je vais bien, je pense tous les jours à vous trois* (parlait-elle, en plus d'Anna et de moi, d'Anne, ou de notre père ?). *Votre maman qui vous aime. Joyeux Noël.*

Elle avait dessiné une petite étoile et deux flocons – des petits cercles en fait, que ma sœur avait interprétés comme étant des flocons. Et c'était tout. Anna et moi avions pleuré les mots manquants. Les « à bientôt », les « on va se voir, c'est promis », les « je vous demande pardon » et les « j'ai peur sans vous ». Tout d'elle me manquait, jusqu'à même l'absence de ses baisers lorsqu'elle était encore là, toutes ses absences. Notre père nous avait annoncé une surprise pour le jour de Noël. C'était elle. Le chemisier de soie, la jolie poitrine. Il nous l'avait présentée comme une amie qui, elle aussi, était seule en ce jour joyeux en ajoutant que Noël était une fête où personne ne devait rester seul. *Maman est aujourd'hui ?*

avait demandé Anna. J'avais traduit. Maman, elle est seule aujourd'hui ? Je ne sais pas, ma chérie, j'imagine que non, qu'elle est avec des amis, des gens de son travail, peut-être. Notre père avait commandé le repas chez Montois, « Féerie de Noël », quarante-neuf francs par personne, langue Lucullus, blanc de dinde, pommes de terre aux marrons, bûche glacée. C'était le repas qui avait été glacé. Celle qui deviendrait la femme de notre père nous avait offert des cadeaux que nous avions refusé d'ouvrir. Elle avait quitté le salon en larmes. Notre père s'était alors affaissé sur lui-même, avait pris son visage dans les mains. À moi aussi, elle me manque, avait-il dit. Je m'étais levé, j'avais balancé un grand coup de pied dans l'un des cadeaux avant de m'enfuir dans ma chambre. Nous aurions pu tous aller à Bagnolet. Lui faire la surprise, lui dire que nous avions besoin d'elle, lui offrir le dernier Sagan, *La Femme fardée*. Lui apporter la Féerie de chez Montois. Des guirlandes. Un petit sapin. Et puis la faire rire et lui donner envie de revenir, d'arrêter d'être triste, d'éteindre le chagrin. On aurait pu l'aider, papa ; on aurait pu aller la chercher, la sauver. Mais il aurait fallu tellement d'amour pour ça.

QUATRE-VINGTS EUROS (SUITE)

Nom de Dieu, tu le crois pas. Comment elles font ?
Elles sentent, elles savent tout. Pourtant je peux te
dire que je fais gaffe. Rien sur mon agenda, rien sur
le portable, c'est criminel un portable, tu crois que
c'est comme un pote, que ça garde tes secrets et tout.
Foutaises. C'est un traître. Alors pas de messages,
pas de sms, rien. Je ne l'ai dit qu'à toi, Antoine. Eh
bien, tu le croiras ou pas, elle l'a appris. Je ne sais
pas si elle m'a suivi, si elle m'a collé un détective au
cul, toujours est-il qu'elle l'a su. J'ai cru que j'allais
crever, genre infarctus. C'était il y a six semaines,
exactement quand toi t'as su pour ton père. Je suis
rentré, après qu'on a bu un demi ensemble, elle
bouquinait au salon, elle aime bien lire depuis toute
petite. Moi, les bouquins, ça me déprime. Le côté
aride, les petits sillons de mots. On dirait un jardin
japonais, un livre, des kilomètres d'ennui. Je l'embrasse, comme d'habitude. Elle me dit de prendre
un verre, qu'elle finit son chapitre, qu'il est bien son
bouquin, qu'elle a hâte de connaître la fin. Je me sers
une bière. J'attends. C'est un gros chapitre apparem-

ment parce que j'ai le temps d'en ouvrir une autre. Puis elle se lève en me fixant. Et c'est là que je sens un truc bizarre. Elle a un regard que j'avais oublié, un regard du début, quand on faisait l'amour tout le temps, quand le monde pouvait crever et qu'on s'en foutait. Ce regard-là, Antoine. Un truc d'affamée, un petit feu. C'était excitant et ça foutait les jetons en même temps. Fabienne et moi, on est devenus plutôt calmes de ce côté-là, je te l'ai déjà dit ; on a viré tendresse, basculé amitié. L'amour, on le fait avec les mots maintenant ; on a les gestes endormis, pétrifiés même, et voilà qu'elle avait à nouveau son regard de volcan. Puis elle m'a souri. Toi alors, qu'elle a dit comme ça. Toi alors. Quoi, moi ? Et elle a répété : toi alors. Je peux te dire que ça bardait à l'intérieur, genre boule de flipper. Puis on a mangé, comme d'habitude, elle m'a raconté sa journée à l'école, la petite Duquesnnoy qui allait devoir redoubler, la nouvelle circulaire sur les temps de récupération, un préavis de grève. Elle tournait autour du pot. Une torture.

C'est au moment du dessert, et quand je te dis dessert c'était juste un yaourt, qu'elle m'a sorti ça comme ça, avec son regard brûlant : moi aussi j'aimerais bien apprendre à bien te sucer. Comme ta pute. Apprends-moi, apprends-moi Frédéric, je suis sûre que je suis douée. Je suis resté comme un con. Avec le yaourt dans la bouche. Qui coulait comme la bave d'un vieux. Je devais même avoir la même couleur que cette saloperie de yaourt. Heureusement que je suis pas cardiaque. J'ai recraché le Danone. Faut pas avaler alors ? elle m'a demandé en souriant. Je te jure, Antoine, que je ne savais plus où me mettre. Elle s'est levée, elle s'est approchée de moi, elle s'est agenouillée. Alors ? Alors, elle fait comment, ta pute, montre-moi. N'aie pas peur des mots, elle m'a dit, n'aie pas peur des mots. Pas peur des mots, facile à dire, moi qui n'avais plus que des mots d'amour pour elle. Sucer, c'est un mot d'amour, elle a dit. Avaler aussi. Par contre, quatre-vingts euros, c'est un mot dégueulasse. Vraiment dégueulasse.

(TROIS FOIS) SOIXANTE-DIX PENCE

Entre Anna et Thomas tout avait commencé cet été-là, lorsqu'il lui avait offert cette linaigrette au Jardin botanique du col du Lautaret. Ils avaient tous les deux sept ans, parlaient tous les deux le même demi-langage. Ils ne se quittaient plus. Aux repas, ils laissaient dans leurs assiettes les mêmes aliments, brocolis, concombre, laitue, granny smith ; tout ce qui était vert. Ils aimaient les couchers de soleil sur la Meije, la limonade blanche, les chansons de la Compagnie créole que chantaient les moniteurs, le soir. Ils se promettaient des choses que nous n'étions que trois au monde à comprendre. Lorsqu'ils se regardaient, il y avait entre eux quelque chose de plus grand que nous, Léon ; que nous tous. Cette chose immense et rare, la joie. Il était fils unique, il allait être son unique amour. Son père travaillait à l'usine chimique de Pont-de-Claix, près de Grenoble, le nôtre était chimiste chez Lapchin, à Cambrai. Sa mère était couturière à domicile, la nôtre était partie et s'était perdue. À chaque printemps, nous communiquions à Thomas le lieu de notre prochaine colonie et il nous y rejoignait l'été. Je les ai vus grandir, j'ai vu leur singulière histoire d'amour éclore. Et toujours cette joie fascinante entre eux. À Morzine, Sallanches. À Aix-les-Bains. Été après été, il me semblait qu'ils se parlaient de moins en moins, comme si les mots étaient pressés d'avouer tout ce qu'ils avaient à se dire. Ils apprenaient la patience, ils avaient l'éternité devant eux, ils le savaient. Ils regardaient leurs corps grandir, leurs visages s'affiner. Un été, avec dix francs de Carensac et de scoubidous, on avait fêté ce qu'on avait pensé être la mue de la voix de Thomas, ses premiers pas de petit homme. C'était juste le début d'une trachéite.

En 1985, nous étions allés en Angleterre, à Barnstaple, dans le Devon. Nous avions mangé nos premiers *fish and chips*, pour deux pounds. J'avais bu ma première *pint of lager*, soixante-dix pence, ma deuxième, ma troisième, j'avais eu ma première gueule de bois, et Anna avait pleuré.

C'est ce même été que j'avais rencontré Patricia et que j'en étais tombé amoureux. Je m'étais mis à fumer parce qu'elle fumait, à oublier la bière parce qu'elle détestait la bière, à cesser de me moquer des petits parce qu'elle était petite. Je m'étais perdu pour me retrouver en elle. Je m'étais essayé aux mots d'amour et j'avais été lamentable. Déjà. Tu es jolie. J'aimerais bien vivre avec toi. Enfin, qu'on se revoie je veux dire. Euh. Une fois rentrés en France. Je. Je. J'aime bien t'embrasser.

Et ainsi de suite. Jusqu'à sa peau, son ventre, ses poils doux. Une chambre au Cedars Inn, nos corps qui tremblent, nos bouches sèches soudain, muettes, nos premiers gestes, nos premières fois. Toute cette tendresse désordonnée, cette douleur dont on ne m'avait jamais parlé, le coup de couteau, l'accroc, un tissu qui se déchire, la larme de sang, la honte tiède, le rire aussitôt après, puis les bras qui serrent, l'envie de disparaître. Déjà.

Ça n'avait été que ça. Et ça avait été tout ça.

Ensuite, il y avait eu ma violente sortie de l'adolescence, le Café de la Gare, le céleri qui aurait dû m'étouffer, la lettre, les quatre-vingts centimes du timbre, ma trahison.

En ce dernier été d'enfance, le long de la Taw River, Anna et Thomas avaient échangé leur premier baiser. Ils avaient dix ans. Un vrai baiser d'amour. Et pour ne rien gâcher de cette bénédiction, ils n'avaient prononcé chacun qu'un seul mot. Lui : *je*. Elle : *t'aime*. À eux deux, ils étaient toutes les phrases du monde.

Ta mère n'est pas revenue tout de suite. Elle passait le soir, après son travail, restait une heure ou
deux avec Joséphine ; le bain, le dîner, l'histoire, le
câlin ; puis repartait. J'ai besoin d'y voir clair, disait-
elle – la méchante réplique de ceux qui ne savent pas
comment vous apprendre qu'ils ne vous aiment plus,
et qu'ils en aiment déjà peut-être un autre. Parfois,
elle rentrait au milieu de la nuit, ou à l'aube. Parfois
pas. Elle ramenait alors les odeurs de l'obscurité ; la
transpiration, l'alcool, les parfums éventés, la petite
misère. Ç'a été une curieuse période de notre vie où
nous étions un couple avec enfant sans vie de couple
avec enfant. Nous n'avions pas de projet pour l'été à
venir. Ni pour le prochain week-end. Ni même pour
le lendemain matin. Notre vie s'écrivait à coups de
Post-it indifférents sur la porte du réfrigérateur.

La baby-sitter s'était installée à la maison, dans
la chambre de Joséphine. Le soir, elle s'attablait à
la cuisine pour réviser ses cours. Et moi, le soir, je
m'enfermais dans ma chambre, je buvais du vin,
j'abreuvais la bête. Mes nuits étaient douloureuses,

sombres et violentes et mes aubes violettes, glauques et nauséeuses. Et cette chose, qui sourdait alors, est née. Elle s'est insinuée dans mes frayeurs. Elle a commencé à consumer mes hontes. Elle me fascinait. Elle commençait à prendre le contrôle.

À cette époque, FFF s'est occupé de moi, comme un grand frère. Il m'obligeait à remplir le frigo, acheter des fleurs, voir ma femme, lui parler, tenter de recoudre les choses.

Un week-end, Nathalie est revenue à la maison parce que Joséphine lui manquait. Elle était bronzée, elle rentrait de quelques jours de prises de vue dans la région de Nice pour son prochain catalogue – en couverture, un VTT à moins de cent euros. Elle semblait heureuse. Je ne voulais pas de ce bonheur-là, pas de ses phrases rapides, joyeuses, ses mots salés, l'odeur de l'autre sur sa peau, celle de son tabac blond dans les cheveux. Alors j'ai accompagné FFF à Paris pour une rencontre organisée par le groupe Eurofins autour de la sécurité alimentaire. C'est à la pause déjeuner que je l'ai vue. Je n'aurais jamais imaginé être capable de *voir* une autre femme : les indécisions de Nathalie n'étaient toujours pas venues à bout de mes espérances. Je rêvais encore d'un couple et d'une famille réparés, je rêvais d'en finir avec mes damnations. Elle a été une révélation. Elle était belle, bien sûr, mais ce qui me la rendait immensément belle, c'était sa tristesse. J'en suis tombé aussitôt amoureux. Je voulais ce visage triste dans mes mains. À mon côté, sa bouleversante mélancolie. Sur mon épaule. Mon ventre. Je la voulais sur moi, comme une peau. Je la voulais ici. Là. Au bar d'un hôtel au nom imprononçable, au Mexique ou ailleurs. Je voulais des draps frais, des parfums de propre, des retrouvailles, un sexe bien dur, de la pierre ; une vie. Je voulais retrouver mes rires perdus avec elle, retrouver ma joie, la douceur des bras, goûter à cette peur qui maintient en vie – celle de perdre l'autre. Je voulais me noyer soudain dans l'époustouflante beauté qu'elle avait extraite de sa tristesse, alors que, de la mienne, je n'avais été capable que de développer un sentiment de honte.

Un malaise, soudain.

Ça ne va pas ? a-t-elle demandé. Si. Enfin non. Non, ça ne va pas. Je veux vous emmener loin d'ici. Tout de suite. Que vous m'appreniez à vous aimer. Je voudrais vous faire rire. Je ne l'ai jamais demandé à personne, mais j'aimerais me baigner avec vous dans un lagon, dans de l'eau bleue, transparente, boire un *blood and sand* avec vous, alors que je ne sais même pas ce que c'est. Non ça ne va pas. Ça ne va pas. Je voudrais. Je voudrais être important pour vous. Voilà. Être important pour vous. Mais je n'ai pas osé. Je n'osais jamais. Ça va aller, ai-je dit, merci. Un coup de chaud, je crois. On peut sortir prendre l'air si vous voulez, dit-elle. Boire un café dehors. De l'eau fraîche. La conférence reprend à quatorze heures, on a un peu de temps.

J'ai vu ma mère partir, Léon. J'ai vu mon père, les bras ballants, refuser de se battre pour la garder. J'ai vu notre malheur depuis, j'ai vu nos larmes à Anna et moi, lorsque de l'escalier nous regardions notre père dormir dans la cuisine bleue, la tête dans son assiette, à cause des bières. Alors j'ai regardé une dernière fois la sublime tristesse de cette femme, son immense beauté et j'ai compris que c'était la dernière fois. Se sauver ne sauve jamais rien. J'ai lu son nom sur son badge de journaliste. Un nom de marin. Une chanson de Gainsbourg. Des larmes ont brillé à mes yeux lorsque je lui ai répondu. Ça va aller, je vous remercie. Un ami m'attend, un ami d'enfance. Une autre fois peut-être.

Une autre fois.

J'étais viré. À trente-sept ans. Divorcé. Deux enfants. Pensions. Souffrances. Falsification de rapport. Suspicion de pot-de-vin. Collusion. Magouilles. Fraude. Escroquerie. Escroc. J'ai tout entendu. J'ai vu la lâcheté des hommes, les dents jaunes de ceux que j'avais nourris, les langues de pute qui m'avaient léché. La mémoire n'est pas un pardon. La tendresse non plus. Je les avais sauvés de centaines de milliers d'euros d'indemnités dans l'affaire de la Honda Hornet débridée, de dizaines de milliers dans celle du lapin danseur, et bien d'autres millions durant toutes ces années où j'avais été un bon expert, froid, méfiant, intègre. J'avais été un parfait, un merveilleux salaud. On m'avait augmenté pour ça, on m'avait choyé pour ça. La secrétaire du DG minaudait quand je passais. On m'avait donné des primes. Deux ans auparavant, on m'avait offert une voiture de fonction, un cadeau de Noël, et la secrétaire en supplément. Cadeau aussi. Faites-en ce que vous voulez mais qu'elle soit là lundi. Ah, ah, ah. Vous nous avez fait gagner tellement d'argent, Antoine, avec toutes ces affaires de voitures qu'on a pensé que celle-ci vous ferait plaisir. Une BMW 320si. Trente-deux mille cent cinquante euros ; mes trente deniers. J'étais rentré à la maison, j'avais foncé, dérapé dans les virages, accéléré à l'orange, j'avais bandé. De l'entrée, j'avais crié à Nathalie : fais une valise, je t'emmène en Toscane. Ma mère disait que c'était le plus bel endroit du monde. Joséphine dort, avait-elle répondu. Un enfant dort et la passion s'endort. Nous n'étions pas partis. Et elle avait trouvé la voiture moche, la couleur moche.

J'avais bossé plus de quinze ans et une seule seconde de compassion avait fait de moi un paria. J'avais choisi ce métier pour rééquilibrer les choses, trouver ce point de paix où les deux parties, comme l'écrivait Thomas d'Aquin, ont l'impression de faire une affaire. J'avais cru aux choses justes, la politesse, la beauté. Au droit à la désobéissance. J'avais cru « au temps où les hommes étaient bons [...]. Mais les tigres sont venus pendant la nuit. » Je me suis défendu comme je n'avais jamais osé. J'ai tapé sur les murs de leur bêtise comme, enfant, je tapais sur ceux de ma chambre parce que je ne voulais plus jamais toucher mon père. J'ai parlé du monde qui changeait. Le pactole des cinq milliards d'assurances-vie jamais réclamés. Cinq milliards ! Le bien qu'on pouvait faire. Juste ça, le bien.

Mais les hyènes écumaient, leurs doigts crochus rayaient la table. Un jour, elles arracheraient leur propre cœur. Une règle, c'est une règle. On vous a payé pour ne pas payer, et c'est sans doute trop cher payé puisque vous êtes devenu si généreux. Il est, monsieur, facile d'être charitable avec l'argent des autres. Je suis prêt à rembourser les quatorze mille trois cent quatre-vingt-un euros de la Clio, ai-je proposé lâchement. Les hyènes ont ricané. Dans mon ventre, le fauve grondait. Il voulait bondir, les égorger toutes. Trop tard, ai-je entendu, vous auriez dû compter fleurette à cette pauvre femme enceinte. Qui sait, pour le prix d'une voiture de pauvre vous auriez peut-être eu droit à une gâterie ? Alors, l'image d'un carnage dans ma tête. Beaucoup de sang. Des lambeaux de peaux. On dit que les hyènes rient lorsqu'elles marquent leur territoire. Vous allez donc nous rendre les clés, les papiers de la BMW, votre ordinateur, votre téléphone portable, tous les dossiers concernant vos expertises. Nous signalerons vos pratiques à tous nos confrères. La DRH fera en sorte que vous puissiez toucher un peu de chômage. Et c'est tout. Si vous n'êtes pas d'accord, prenez un avocat.

En primaire, le mot nous enchantait. Il y avait « cul »
dedans. C'était une sorte de gros mot, mais sans le gros
mot, sans l'heure de colle. En récréation, nous faisions
des cornes avec nos mains, ton père est cocu, ton père est
cocu. Parfois, des enfants pleuraient à cause de ce mot,
parfois, d'autres riaient. Mais ce n'était pas drôle, c'était
un immense, un éternel chagrin. Un pan du monde
qui s'effondrait, comme un morceau de banquise, et
qui emportait avec lui sa beauté, sa raison d'être, les
faisant disparaître à jamais. C'était une incision à vif ;
la peau brûlait et rien ne la soulageait. C'était le début
de la fin de soi. J'avais cherché des explications, bien
sûr. En vain. Alors je m'étais senti laid, et j'étais devenu
laid. On se fane, tu sais, quand on n'est plus choisi, on
se décivilise, on se méprise, on s'ignore. On mange mal,
on devient sale, on se met à sentir. Alors on attend un
ange, bienveillant, qui se penchera sur vous, qui vous
sauvera. Mais les anges ne viennent pas. Les hommes
ne se relèvent jamais, c'est ce qui les rend touchants. Ils
tombent toujours, avec plus ou moins de distinction ;
leurs bras se tendent, leurs mains s'agrippent au vide

117

de leurs illusions, leurs ongles se cassent. La vie n'est qu'une longue chute.

Je n'avais rien dit à FFF parce que j'avais honte, ni à mon père parce qu'il aurait eu honte de moi, ni à Anna parce qu'elle aurait eu honte pour Nathalie. J'avais parlé de petites tensions dans notre couple. Un besoin d'air. C'est normal après une naissance, m'avait-on répondu. Laisse le temps au temps. Un couple, ça se réinvente chaque jour.

Des âneries à la pelle.

Plus tard, lorsque ma mère m'interrogera sur cette période de ma vie, qu'elle écoutera mon récit, elle aura un petit sourire désabusé, allumera une deux millionième cigarette avec sa grâce si particulière, toussera, et s'étouffera doucement dans ses mots : je t'avais prévenu, mon petit garçon, l'amour ne pèse pas bien lourd face au désir des femmes.

Nathalie a désiré le désir qu'avait d'elle le directeur artistique de son agence de publicité. Celui avec lequel elle partait à Nice, au Touquet, à Cabo de Gata en Espagne, faire des photos de vélos, de chaussures, pour ses catalogues. Des heures en train. Des soirées entières dans des hôtels avec vue sur la mer. Des vins fins. Des notes de frais. Des doigts qui s'emmêlent. Des nuits loin de moi, de Joséphine, loin de notre vie. Et à l'aube, après les brutalités nocturnes, les vertiges obscurs, les petits déjeuners en tête à tête, son tatouage à lui, sur la poitrine, un idéogramme japonais qui disait *fukihonpou* (libre, sans entrave) et qui lui faisait perdre la tête. Il était une sorte d'artiste, j'étais une sorte d'ennui. Il criait, exigeait, déchirait, tandis que je réfléchissais, soupesais, recommandais. Nathalie m'avait trompé parce qu'elle ne s'aimait pas avec moi. Elle voulait des cabines d'essayage, des regards électriques, des instants qui ne durent pas. Elle voulait des premières fois, des dernières fois. Notre couple invitait à la durée, à la certitude, alors qu'elle ne rêvait que de fièvres, de poisons – elle ressemblait tellement à ma mère, dans cette illusion. J'avais pensé que Joséphine aurait fait naître ce type d'amour capable de changer l'ordre des choses. Mais les bras des enfants sont trop petits, trop faibles. Ils ne peuvent même pas porter leurs ombres. Et puis l'artiste s'était lassé. Au *fukihonpou* de sa poitrine, il avait fait ajouter un *ippikiookami* (solitaire, loup solitaire) sur son épaule. Ta mère s'était émerveillée mais une autre patientait déjà dans l'ombre. Nathalie est revenue plus souvent chez nous. Joséphine a fait ses premiers pas, ses premiers bouts de phrases. Nous avons acheté un appareil photo, avons tenté d'être une famille. Puis il y a eu encore d'autres nuits dehors, à cause du boulot. Les voyages à Paris, les trains ratés, les chambres du Terminus Nord. Une nouvelle baby-sitter. D'autres verres de vin. La bête qui se réveillait. Et, la nuit, l'envie de sortir, avec un tesson de bouteille à la main, une pierre, de taper le barman qui vous chiait dessus avec les yeux parce que vous ne lui avez pas laissé assez de pourboire, sale connard, l'envie de frapper la vioque qui vous était passée devant à la supérette parce qu'elle est vioque, connasse, de broyer le gamin qui vous avait pratiquement déboité l'épaule en vous croisant, parce que vous êtes un vioque, petit con. De battre le monde que vous n'aimiez plus et qui ne vous aimait plus.

De laisser mes silences ouvrir leur gueule, et puis dormir. Dormir, enfin.

Et ta maman est revenue et tu es arrivé. Ça a été
une période formidable. J'ai gardé les photos. On
voit Joséphine. Elle installe des peluches dans ton lit.
Elle fait des dessins pour toi, pour ton arrivée. Elle
joue à la poupée, elle apprend à changer les couches
– sur une Barbie, ce qui n'était pas évident. On voit
ta maman aussi. Elle est belle. Elle est pleine de toi.
C'est très rond, c'est très beau. J'ai cru que le bonheur revenait avec toi, Léon, j'ai cru que ton eau, ton
sang laveraient nos péchés, cimenteraient nos vies.
Un jour, j'avais demandé à ma mère si elle m'aimait
et elle m'avait répondu à quoi ça sert. À quoi ça sert.
Tu venais de naître lorsqu'elle est morte, une histoire
d'odeur et de lettre recommandée. Elle avait quitté
Bagnolet et nous ne le savions pas. Elle habitait un
minuscule studio à Pantin, une location à trois cents
euros, un coin à putes, et à junkies, un coin à douleurs. Elle était morte depuis plusieurs jours. C'est
la chaleur qui l'a dénoncée. On y est allés, avec ta
tante Anna et l'oncle Thomas. Les larmes d'Anna
emportaient chacun de ses mots et Dieu sait qu'ils

sont rares. Thomas tremblait, je ne l'avais jamais vu trembler. Ma sœur a voulu y aller la première. *Tu Antoine ne pas tu voies jolie.* Tu comprends, Antoine, elle ne voudrait pas que tu la voies pas jolie. Mais ta grand-mère était belle, Léon, elle avait la peau claire, elle était longue, fine, elle avait des cheveux blond vénitien, des yeux noirs et, lorsqu'elle allumait sa cigarette, son avant-bras avait la grâce d'un saut de chat de Noureev.

Quand elle est ressortie sur le palier, Anna a dit *elle*, Thomas *est*, Anna *belle*, et je suis entré. Cette odeur, tu ne peux pas imaginer ; la puanteur efface tout ce qu'il y a de beau, s'insinue dans ta chair, et ne disparaît jamais.

Je prie pour qu'on nous trouve vite.

Ma mère était assise dans son lit, le buste contre le mur, le cou relâché, la tête sur son épaule. Les draps étaient sombres, secs, durs. Des draps de viande. Sa bouche était figée, ses lèvres qui faisaient de si jolis ronds de fumée mentholée avaient tenté un dernier mot, une syllabe pétrifiée. Je suis resté seul avec elle, avec son corps, et là encore je n'ai pas osé, Léon. Je n'ai pas osé prendre sa main, la prendre dans mes bras, pas osé lui parler, lui dire les derniers mots. Je n'ai pas osé la toucher, m'approcher d'elle. Pas osé un son ni prononcer son nom. Je ne pleurais pas sa mort, je pleurais ma lâcheté, mes peurs, je pleurais tout ce qu'elle ne m'avait pas appris et que, par faiblesse, je ne m'étais pas aventuré à apprendre.

Ma mère m'avait laissé en vrac pour que je sois un homme, elle m'avait abandonné pour que je me trouve, elle m'avait aimé, à sa manière, dans son détachement, et je ne le savais pas.

C'est cet amour qui nous manque, Léon. Nos mamans.

Le médecin a conclu à un AVC foudroyant. Une grenade dégoupillée, dans la tête. Ça aurait pu être autre chose, a-t-il expliqué, une pneumopathie aiguë, une maladie pulmonaire obstructive chronique, votre maman était très abîmée.

La dernière fois que je l'ai vue vivante, j'avais trente ans – deux ans avant l'explosion. Elle vivait toujours à Bagnolet. Un hall d'immeuble immonde. Graffitis. Senteurs de pétards. Remugles de merde. Un petit appartement, une chambre, une écrasante odeur de tabac. J'avais frappé à la porte, elle avait crié c'est ouvert, et j'étais entré. Ses cheveux avaient blanchi. Sa peau aussi. Elle avait des cernes noirs qui lui auraient donné un look *smoky eyes* si elle avait eu vingt ans, si elle était restée avec nous, si elle avait été heureuse. Elle ne m'avait pas reconnu. Qu'est-ce que tu veux, toi ? C'est Antoine, maman. Alors elle avait levé ses yeux épuisés, esquissé un sourire, tu aurais dû me prévenir, mon petit, je me serais faite belle. Je t'ai prévenue, maman, je t'ai envoyé cinquante, cent lettres, toutes ces années pour te demander la

124

permission de venir te voir, te dire que c'était dur sans toi, pour Anna et moi, qu'il faisait froid ; pour te demander de revenir vivre avec nous. Et tu n'as jamais répondu, même lorsque je joignais des enveloppes timbrées, ton silence hurlait que tu ne voulais pas de nous. Mais je n'avais rien dit. Lâche, fils de lâche. Tu veux que je repasse plus tard ? Bah, maintenant que tu es là. Viens t'asseoir. Tiens, donne une bière, dans le frigo, et raconte-moi ce que tu deviens. Je lui avais parlé longtemps. L'enfance sans elle, sans Anne, les colonies l'été, Anna et Thomas, le remariage de notre père. Sa femme, dans ton lit, ses pots de crèmes, sur ton côté de lavabo, dans la salle de bains. Ses cadeaux pourris quand nous étions gosses. Ma lâcheté avec Frédéric Froment. Mes humiliations avec les filles. Et Nathalie, le premier coup de foudre de ma vie.

Lorsque sa tête avait glissé sur le côté parce qu'elle s'était endormie, j'avais continué. La naissance de Joséphine, mon boulot, les vies que je brisais. Le manque de toi, maman, le parfum au menthol que j'avais demandé à papa de fabriquer pour moi, que je respirais chaque soir avant de me coucher, qui me rappelait tes jolies mains qui ne me touchaient jamais mais que j'aimais. Et puis, je m'étais tu. Elle respirait fort, son sommeil était agité. Les spectres aiment la misère, tu sais. Sur la table, il y avait des canettes de bière, un vieux journal, quelques livres de sa chère Sagan, usés à la corde. Sur le mur, des taches d'humidité ; l'une d'elles formait une petite tête de sanglier.

Une paréidolie. Elle en avait fait une région d'Italie, y avait inscrit les noms prodigieux, Florence, Prato, Sienne, Pise, Arezzo, les voyages qu'elle faisait seule désormais, sans valise, sans passeport, sans nous, sans rien. Un petit téléviseur, posé par terre, branché sur l'antenne de l'immeuble voisin. Le coin cuisine, une plaque au gaz, des conserves. J'avais eu envie de pleurer, d'être un fils enfin, de la prendre dans mes bras pour l'emmener loin d'ici, dans la tête de sanglier qui ressemblait à la Toscane et lui offrir un ultime voyage dans la beauté. Pas dans la crasse. Ni l'effroi.

Je m'étais levé, j'étais entré dans la chambre. Un grand matelas à même le sol, des médicaments, une bouteille d'eau vide et là, au niveau du lit, épinglées près de la plinthe, deux photographies. La première, une vignette photomaton à cinq francs, avec le rideau plissé en toile de fond. J'avais six ans environ, les cheveux bien peignés, une chemise blanche, le col boutonné. Nous l'avions faite, ma mère et moi, pour le club de judo. J'avais été heureux avec elle ce jour-là. Elle me disait que j'étais beau. Que j'aurais une jolie vie. Que toutes les femmes tomberaient amoureuses de moi et que, si je savais y faire – sans trop de poésie, Antoine, et avec un peu de muscles et beaucoup d'audaces –, je serais un roi. Après la photo, Dieu que tu as l'air d'un petit homme, avait-elle commenté avant de déposer un baiser bruyant sur la série des portraits en noir et blanc, elle m'avait emmené au Palace où elle m'avait fait entrer en cachette. Elle avait acheté des cônes glacés et nous avions vu

L'important c'est d'aimer. Elle avait pleuré la beauté de Romy Schneider et j'avais été terrifié par Claude Dauphin. Je m'étais allongé par terre, dans la rangée, pour ne pas voir les images et elle m'avait tenu la main durant tout le film. Ce jour-là, j'avais été le petit garçon le plus heureux du monde.

La seconde photographie montrait les jumelles en train de rire dans le jardin de notre maison. Elles avaient trois ou quatre ans, et portaient des robes rose pâle. Elles ressemblaient à des bonbons.

Ma mère s'était mise à tousser et je m'étais précipité.

Tu disais, Antoine ?

Ce week-end-là, vous étiez tous les deux avec moi. Un pont du 1er mai. Nathalie avait renoué depuis quelques mois avec le fameux directeur artistique, qui venait d'enrichir les idéogrammes de sa petite vie, sur son avant-bras cette fois, d'un *ecchiwosuru* (baiser, s'accoupler). Nous avions longuement parlé. Nous avions bu du vin. Nous avions pleuré. Nous nous étions serrés l'un contre l'autre. Nous avions eu peur. Nous avions eu froid. Nous nous étions souvenus de la naissance de Joséphine, de ses petits ongles parfaits, de ses longs cils, de sa bouche de fraise. Les mois terribles qui avaient suivi. L'avortement. Les nuits sur le canapé. Le parfum des autres. Et puis les retrouvailles, et enfin ton arrivée, Léon.

Nous avions pleuré notre vie ratée. Les brûlures de ses cabines. J'essayais de taire la honte de mes nouvelles fonctions : *chômeur, sans emploi.* Elle voulait s'excuser et je ne voulais pas d'excuses. Elle avait embrassé mes lèvres une dernière fois. Ç'avait été un très long baiser, puissant, fiévreux. Je lui avais chuchoté une dernière fois que je l'aimais, elle avait rougi, et elle s'en était allée. Plus tard, les enfants la rejoindraient ; quand le directeur artistique se souviendrait qu'elle en avait deux et qu'il accepterait de leur faire une petite place.

En attendant, je faisais de mon mieux, c'est-à-dire le contraire de mon père.

J'ai appris à utiliser la machine à laver le linge, en prenant soin de ne pas mélanger le blanc et les couleurs. La javel pour le calcaire. Le savon noir Briochin pour le four. L'huile dans l'eau des pâtes pour qu'elles ne collent pas. J'ai appris les réponses aux questions que vous me poseriez un jour, ta sœur et toi (pourquoi il pleut papa ? pourquoi un an de la vie d'un chien c'est sept ans de la vie d'un homme ? pourquoi t'as plus de travail ?). J'ai appris à dire je t'aime quand vous me montriez un dessin, un lacet bien noué, une chambre bien rangée.

J'ai essayé de donner ce que je n'avais pas reçu.

Et ce week-end-là, comme cela arrive toujours les jours fériés et les jours de merde, un radiateur dans la maison s'est mis à fuir, puis l'eau à gicler. Tu criais : papa, papa, il y a une mare dans le salon ! J'avais appris le nom de la planète la plus éloignée de la Terre, Neptune, de la plus proche, Vénus, mais pas à réparer une fuite. Joséphine a surgi, toute fière, avec dans la main l'un des milliers de prospectus que l'on glissait régulièrement sous notre porte. *Des gars, des eaux.* J'ai appelé. Bien sûr. Bien sûr. Pas de problème. Dans quinze minutes. Tu te souviens de votre tête quand le plombier est entré ? Vous avez eu un mouvement de recul. Il ressemblait à un sumo. Ses yeux bouffis de chair ont observé la blessure du radiateur. Puis il a sorti une clé de sa poche et, après vingt secondes de bataille, l'eau a cessé de couler. Puis il a voulu vérifier tous les autres radiateurs de la maison. Ça peut arriver à n'importe lequel. Puis contrôler la chasse d'eau. Le danger est partout. L'arrivée d'eau de la cuisine, celle de la salle de bains, aïe, il a articulé. Il me faudrait un joint torique, et je n'en ai pas. Un joint torique ? Sinon, dans trois heures vous me rappelez, votre salle de bains sera une piscine. Ah. Oui, trop de pression à cause de l'épisode du radiateur. L'épisode du radiateur, tiens. Et qu'est-ce qu'on peut faire ? J'appelle un collègue, il me dépannera. Le sumo s'est alors assis sur l'une des chaises de la salle à manger et ta sœur a étouffé un cri. Mais la chaise a tenu bon. Il a sorti un bout de papier et un crayon de sa poche sans fond, posé un premier chiffre : quatre-vingts euros. Ensuite : déplacement, supplément jour férié, trente-cinq euros, purge d'un radiateur trente euros, fois huit, deux cent quarante euros, réfection joint radiateur abîmé, cinquante-trois cinquante ; main-d'œuvre : je suis arrivé à dix heures cinquante, il est onze heures trente, je ne vous compte qu'une demi-heure, soixante-quinze euros, plus la prime jour férié, cinquante pour cent, soit trente sept cinquante. J'allais dire quelque chose, du genre, vous vous foutez de ma gueule, quand on a sonné à la porte. Les curieuses lèvres du plombier ont souri. C'est le joint torique, ça c'est pas cher un joint torique, quatre-vingt-treize centimes, déplacement du collègue, quatre-vingts euros, je ne vous compte pas la pose ni le supplément jour férié pour lui, la TVA là-dessus, total, tac tac ôté de, plus, je retire, je retiens, voilà, sept cent dix-neuf quatre-vingt-neuf, je vous l'arrondis à sept cents. J'allais protester mais il était déjà debout, se dirigeait vers l'entrée pour ouvrir au collègue. Un autre tas de chair.

Alors, j'ai compris. Être baisé, être mis profond, jusqu'à l'épiglotte, comme disait FFF. Comme avec la vioque du supermarché, le chauffeur de taxi qui prend le chemin le plus long, le flic qui vous fout trente-cinq euros d'amende parce que vous avez klaxonné derrière un 4 × 4 garé en double file, parce que le Klaxon, monsieur, ne s'utilise qu'en situation de danger immédiat, article R416-1 du code de la route. Mais lui, là, devant, il a le droit de se garer là, de bloquer tout le monde ! Papiers, monsieur, sortez du véhicule.

Toutes ces vexations, ces humiliations, toutes ces hontes. Des années de bleus, une enfance d'ecchymoses, de colère rentrée.

Et puis un jour, le regard de ses mômes, cette distance inouïe, déjà. Leur mépris poli, prudent ; vous n'êtes pas un héros, c'est fini, vous ne le serez jamais. Pourquoi t'as payé papa, a demandé Joséphine, une fois les deux monstres partis. C'est des sales voleurs, fallait appeler la police. La police. Le gardien de la paix. Les illusions perdues. Et toi, qui en as rajouté : moi, les voleurs, je leur casserai la gueule. La goutte d'eau.

C'est ce jour-là, Léon, que le tigre s'est réveillé, qu'il ne s'est plus jamais rendormi.

Le 52 lui allait comme un gant. Il avait encore maigri mais semblait s'être stabilisé à cette taille. Un joli costume prince-de-galles bleu foncé, à trois cent quatre-vingt-dix-neuf quatre-vingt-dix-neuf. Il avait retrouvé la silhouette, l'élégance qu'il avait sur les photos en noir et blanc de son mariage avec notre mère, un 14 janvier frileux, il y avait mille ans, quand nous n'existions pas, quand tout était possible, et que leur amour allait embellir leurs vies. Mais j'étais arrivé et j'avais broyé leurs rêves.

J'avais été le début et la fin.

On ne sait pas on attend maintenant le docteur dit qu'il n'y a plus rien à faire c'est lui qui décide enfin c'est lui quand on dit que c'est lui c'est cette chose c'est elle maintenant qui va avoir le dernier mot tu vois alors ton père peut être encore là demain dans un mois six mois six ans il peut partir tout à l'heure on n'en sait rien on ne sait plus rien et quand je lui demande ce qui serait le mieux pour lui ce qu'il voudrait faire avant avant cette chose horrible il me regarde en souriant un sourire pas méchant mais pas vraiment gentil non plus non je crois un sourire triste la mélancolie la vie qui ne donne plus envie il ne me répond pas j'aimerais tellement qu'il me dise ce qu'il a envie de faire avant mais peut-être qu'il veut que je m'en aille et qu'il n'ose pas le dire c'est dur de dire à quelqu'un qu'on n'a plus besoin de lui c'est très dur ça ronge furieusement ça l'amertume de ne pas avoir assez aimé ce qu'on quitte.

Nous étions restés quelques jours à Bagnolet, Anna, Thomas et moi. Nous avions interrogé les voisins.

Une gentille femme. Discrète. Elle a vécu plusieurs mois avec un type, un plus jeune. Puis un autre après, mais il ne dormait pas là, il avait peut-être une famille. Il criait, parfois. Mais personne ne se plaignait. Si on se plaint ici, on retrouve sa boîte aux lettres brûlée, ses ordures sur son paillasson, son chat tout raide.

Moi, je l'aimais bien, elle avait dû être très belle. Je lui disais toujours qu'elle fumait trop. Elle m'a fait découvrir les livres de Mme Sagan. C'est très joli, j'ai beaucoup aimé.

Elle travaillait au Lidl de l'avenue Gambetta. Elle partait à quatre, cinq heures, le matin, pour y faire le ménage, et comme elle avait peur de la grosse machine qui faisait les sols, elle les lavait à la main, avec une serpillère. Elle disait qu'elle avait des jolies mains, avant. C'était une femme courageuse. Non. Elle ne parlait jamais de sa vie d'avant. Je ne savais même pas qu'elle avait des enfants. Mais on voyait qu'elle avait souffert. Elle ne se plaignait jamais. L'après-midi, elle faisait le ménage chez le docteur Humbert, près du parc Jean-Moulin. Ils la traitaient bien. Elle était contente, là. C'est eux qui lui ont offert sa petite télévision. Elle adorait la regarder. Elle disait que Léon Zitrone lui manquait, qu'il avait plus d'allure, de phrasé, que les « spikers » de maintenant. Elle est partie quand ils l'ont licenciée du Lidl. Ils ont licencié tout le monde de toute façon, pour des jeunes moins chers, c'est de la racaille, moi je vous le dis. Elle n'avait plus de quoi payer le loyer. Désolée. Je sais pas où elle est allée, j'ai pas eu de nouvelles.

Alors comme ça, c'était votre maman ? Et vous n'êtes jamais venus la chercher ?

Anna et Thomas se faisaient du souci parce que je ne retrouvais pas de travail. J'avais quelques entretiens, sans succès. Mon CV finissait à la poubelle, rejoignait les trois millions et demi de personnes qu'on y avait déjà jetées. Anna m'invitait très souvent à dîner, tu ne dois pas rester seul, c'est pas bon le silence, disait-elle, ça raconte des choses mauvaises. Ils étaient heureux ensemble depuis qu'ils avaient sept ans, il y avait vingt-cinq ans déjà. Ils étaient beaux. À seize ans, ils ne s'étaient jamais plus quittés. Thomas était venu à Cambrai, il avait vécu chez nous. Il nous rendait heureux, les orages s'éloignaient et parfois notre père souriait. Nous avions fini par faire quelques efforts avec sa femme. Nous ne pleurions plus l'absence de notre mère. Nous étions devenus adultes ; une autre forme de cruauté.

Et puis j'avais quitté notre maison, pour vivre avec Nathalie. Ma grande histoire d'amour. Thomas et Anna avaient très tôt décidé de ne pas avoir d'enfant, et lorsqu'un soir la femme de notre père leur avait demandé pourquoi, ils avaient répondu qu'il y avait des chagrins qui devaient s'arrêter avec eux. Après leur baccalauréat, ils avaient fait des études de lettres, à Lille 3. Puis ils s'étaient mis à écrire des livres – à quatre mains. Comme Delly. Nicci French. Des histoires qui finissent bien. Pas comme la vie.

Écris un livre, m'avait un jour suggéré Thomas en souriant, ça te soulagerait. Pff, j'en serais incapable. Ne crois pas ça, Antoine, Cioran disait que les sources d'un écrivain ce sont ses hontes.

Depuis mon licenciement, Nathalie vitupérait parce que je ne pouvais plus verser de grosse pension. Elle demandait la vente de notre maison, la moitié de l'argent, et plus encore. Vous êtes moins venus, Joséphine et toi. Le directeur artistique est devenu votre héros. Il était tatoué. Exotique. Il s'appelait Olivier, comme un arbre du Sud et il allait à la mer faire des photographies de sandales, de sacs à dos à la montagne. FFF a cherché d'autres bureaux pour nous, moins chers. Faut que tu gardes un bureau, disait-il, un téléphone, ton nom sur une porte. Faut que tu restes dans le bruit du monde, sinon l'idée même du chômage te bouffera la prostate, te niquera le côlon. Reste dans la brutalité, Antoine, la colère ça fait tenir debout.

Nous ne traînions plus le soir, n'allions plus boire de bières. Il rentrait tôt. Il ne partait plus jamais seul en mission, Fabienne avait repris les choses en main, il ne s'égarait plus dans la bouche d'une petite tuerie. Rends-lui visite, toi, ça te détendrait, mon Antoine, t'as l'air tout coincé du cul, tout miséreux, là, avec ton petit malheur, ta chemise froissée, tes baskets d'attardé, ça donne pas envie le chagrin, figure-toi. Alors en attendant de rencontrer une gentille fille, de recommencer à imaginer une jolie vie, de retrouver l'estime de tes mômes, va voir la petite, laisse-toi faire.

Mais je n'ai pas osé. Je n'osais jamais.

Je rentrais toujours. Je chauffais un plat de chez Picard, pour personne seule, paëlla Valenciana, trois quatre-vingt-quinze, poulet Korma et riz basmati, quatre-vingts. Mes mains tremblaient, laissaient s'enfuir celui que j'avais été. Je pleurais parfois parce qu'il me semblait avoir été un type bien, à un moment, un type honnête dans mon métier, intègre dans ma famille, j'avais tenté de la sauver, je m'étais essayé au pardon et ma lâcheté m'avait trahi. J'avais cherché à retrouver ma mère mais elle n'avait pas voulu, elle avait préféré la violence de la solitude à l'absence de passion, accepté la chute pour n'être pas montée assez haut. Elle s'était juste laissée vivre alors qu'elle aurait voulu mourir d'amour.

Une histoire brève s'il le faut, avait-elle dit, mais tellement forte qu'on peut mourir, qu'on doit mourir juste après. Rien d'autre que cet amour-là, mon petit garçon. Mais ce qui manque ne peut être compté[1].

J'avais retourné la haine de mon père contre moi. Je lui avais laissé une chance, il avait fini par sourire, puis par se souvenir. Regretter ce que nous aurions

----

1. L'Ecclésiaste, 1-15.

pu être. Le mal le grignotait à chaque seconde mais il avait eu envie de me faire retourner au temps de Patricia, au temps des jolies choses. À sa manière, il demandait pardon. Ce soir-là, je l'avais pris dans mes bras, je l'avais serré contre moi, comme le fait parfois un papa avec un enfant qui est tombé, qui ne peut se relever seul. J'avais pleuré, je lui avais murmuré l'impensable : tu m'as tellement manqué, papa, tellement. La femme de mon père avait sangloté, s'était réfugiée dans leur chambre. Nous étions restés seuls, mon père et moi, il avait frotté ses yeux rouges. Un hyphéma. Un vieux chien.

Moi aussi, papa, parfois j'ai envie de mourir.

MILLE

Ça vient des Amerloques. Les inventeurs du western. Du Smith et Wesson. Des missiles Stinger. Le Hummer. L'inspecteur Harry. C'est du solide, mec. Du matos de première. Avec ça, mon gars, à cinq mètres, tu fais les trous que tu veux. À un mètre t'atomises. Tôle. Crâne. Bidoche. Calibre 22. Cinq coups. Pas beaucoup de recul. Un truc cool. Les gonzesses adorent. Ça se planque facile dans un sac. Je viens d'en remonter un. Servi qu'une fois, à Marseille. Pas de trace. Pas de numéro. Vierge de chez vierge, *man*. Allez, aboule la thune, j'ai pas que ça à foutre. Mille, on avait dit.

J'ai osé, pour la seconde fois. J'ai osé m'aventurer dans le ventre de Lille Sud, dans l'adipeux, de l'autre côté de l'autoroute. Je suis entré dans les boyaux glauques, comme dans un méchant train fantôme. J'ai été bousculé, approché, menacé. On m'a demandé ce que je voulais. Dope. Meufs. Portables. Flingue. Flingue, j'ai murmuré, terrorisé. J'allais me chier dessus, me vider là, me fondre dans le sale.

C'est mille. Demain, à la *noche*, parc de l'Aventure. On te trouvera. Et si tu viens pas, on te retrouvera.

J'ai vomi en rentrant. Je n'ai pas pu dormir. J'imaginais qu'ils allaient me voler, me saigner. Ou me dénoncer. C'étaient peut-être des flics infiltrés. J'étais de la race des pigeons, je le savais. On me l'avait déjà dit. On m'avait déjà donné ce coup de couteau-là. C'est sans doute pour ça que j'y suis retourné le lendemain, là, au bord du précipice. À cause des humiliations, des blessures. Avec les mille euros en poche.

Tu vois, je peux enfin faire un truc que je n'osais pas. Je peux traverser en dehors des clous, si je veux. Faire un doigt à un con, dire merde pour une fois. À qui je veux. Merde à ta mère si je veux. Va te faire foutre, Nathalie. Et toi aussi, connard de tatoué. Va te faire foutre. Va te faire foutre. Ça se dit *kusokurae* en japonais, tu vois, moi aussi je sais des choses. Allez tous vous faire foutre. Ma colère m'inonde, elle me terrifie, elle me rend soûl.

Les doigts d'ombre ont mis moins de douze secondes à compter mes vingt billets de cinquante. À la treizième, j'avais un Ruger LCR-22 dans la poche.

Je suis retourné voir mon père. Il était beau dans son costume prince-de-galles ; une dernière jolie photographie. Ses yeux pleuraient.

Ses yeux pleurent toujours maintenant je ne sais pas si c'est à cause des médicaments ou d'un éternel chagrin et si ce chagrin ça ne serait pas moi qui lui causerais parce que je suis vivante je suis tout ce qu'il va perdre tu crois que son sourire reviendra ?

Je les ai rassurés, sa femme et lui ; fils menteur. Oui, je suis sur des pistes, des choses intéressantes, je passe beaucoup d'entretiens. Je participerai peut-être à une commission d'enquête sur le racket des contrôles techniques des voitures.

Tu as du talent Antoine c'est ce que ton papa n'arrête pas de me répéter c'est triste quand même qu'on t'ait licencié ça a dû être un choc j'ai eu un cousin licencié de chez Vallourec il ne s'en est jamais remis il est parti avec six mois de salaire ça a duré trois mois c'était fini.

Ils me touchaient tous les deux, dans le petit pyjama de leur vie. Leurs mouvements sans ampleur.

Leur amabilité discrète pour ne pas déranger. Mon père avait été heureux dans le modeste, dans l'étroit ; jamais d'ailes ouvertes, de course folle sur un ponton pour attraper un bateau. Il avait pris la main de ma mère et l'avait lâchée aussitôt parce qu'elle brûlait. Il avait fait une croix sur sa tendresse pour la poésie, ses rêves de science et de prix Nobel. Il était resté chez Lapchin, avait passé sa vie à fabriquer des milliers de produits et revêtu chaque jour sa blouse blanche. Chez lui, l'habit faisait le moine et sa blouse était étriquée.

Nous avons regardé tous les trois *Chantons sous la pluie* puis, le film fini, j'ai embrassé mon père, et embrassé ses mains. Sur le seuil de la porte, sa femme m'a remercié, tu es un bon fils, c'est bien ce que tu fais pour lui.

Je lui ai souri. Tu es une belle personne, Colette.

Alors, elle a étouffé un cri. C'est la première fois en trente ans que tu m'appelles par mon prénom.

J'ai dîné une dernière fois chez Anna et Thomas. Quand je suis parti, Anna m'a chuchoté quelque chose. *Choisis le jour.*

Choisis le jour. Et la nuit m'a avalé.

Finalement, c'est pas mal que ta maman soit partie à Leucate pour les photos de son catalogue de printemps. Ça nous a laissé une semaine, rien qu'à nous, on a pu se remplir les uns des autres. Tu as vu comme ta sœur commence à être drôle. Hier, quand elle a imité la femme de mon père, quand elle s'est mise à parler comme elle, comme une mitraillette, sans s'arrêter, sans respirer jusqu'à faire semblant de s'étouffer, tomber par terre, c'était génial. Toi, tu es plus secret, Léon, tu baisses les yeux, tu utilises moins les mots, tu es comme moi, tu rentres les choses, tu les gardes. Un jour, c'est trop lourd. J'espère que tu as été content. Ça a été une belle journée, aujourd'hui, la plus belle de toutes, de toute notre vie ensemble, plus belle même que le jour de votre naissance. C'était une journée magnifique. On ne peut pas avoir de regrets après une journée comme celle-là. Tu savais que l'Othello, la meringue au chocolat de chez Montois, ça s'appelait une tête-de-nègre avant ? On a changé le nom à cause de *nègre*. À cause de ce qu'on peut dire, ou pas dire. Mais on peut continuer à être traité de con, à être viré comme une merde, à être quitté sans raison. À souffrir tout seul. C'est comme ça. On pense à notre place. On ne doit pas se plaindre. Ça ne fait pas des jolies vies, ça. Mais c'est fini maintenant. Faut pas insister, parfois. On a beau te répéter qu'il faut se battre, c'est des conneries. Tu peux avoir tout l'or du monde, c'est des conneries. Regarde mon père avec son putain de cancer affamé. Il ne va pas gagner. Il va se faire bouffer, c'est tout. Il va crever dans le moche. Dans l'ordure. Faut savoir arrêter, Léon. C'est un cadeau qui nous est fait, ça : savoir quand c'est la fin. Tirer sa révérence. Faire un doigt d'honneur. Leur dire vous ne me ferez plus de mal.

C'est aujourd'hui qu'on arrête, Léon. Qu'on s'en va. Ta sœur est partie tout à l'heure. J'ai pleuré quand j'ai posé l'oreiller sur sa tête. Elle est si jolie. Ma main tremblait. J'ai à peine effleuré la gâchette. C'est surprenant le recul. Je sais qu'elle n'a pas souffert. On ne souffre pas. Ça va tellement vite. Tellement vite. Je ne suis pas triste. On ne peut pas être triste quand on sait qu'on ne souffrira plus. Qu'on ne souffrira plus jamais. Comme ma petite sœur Anne, qui ne s'est jamais réveillée. Je te dis au revoir. Je te dis que je t'aime. Et que s'il y a de la pluie certains jours, c'est parce que Tāne a séparé ses parents. Il a poussé Papa avec les bras, Rangui avec les pieds, jusqu'à les diviser. Ranginui est devenu le père ciel. Papatūānuku la mère terre.

La pluie, Léon, c'est mon immense chagrin.

Et Joséphine a crié, papa, papa, j'ai plein de sang, j'ai mal dans ma bouche.

Le désir de tuer ou de se détruire et de tout détruire autour de soi est toujours doublé d'un immense désir d'aimer et d'être aimé, d'un immense désir de fusion avec l'autre et donc du salut de l'autre[1].

1. Louis Althusser, *L'avenir dure longtemps*.

DEUXIÈME PARTIE

1922

L'hôtel s'appelle *Desconocido*. Il est situé sur la côte ouest du Mexique, à soixante miles au sud de la ville de Puerto Vallarta, au cœur d'une réserve naturelle. Les pilotis de ses *palafitos* trempent dans l'océan Pacifique, avec raffinement, comme les pieds de quelques femmes qui sonderaient la température de l'eau d'un bain. Il y a un bar où l'on sert des *blood and sand*, un cocktail qui fut créé en 1922 pour le film du même nom (avec Rudolph Valentino). Une histoire de matador. Une passion violente. Du sang et du sable. Deux centilitres de whisky, deux centilitres de liqueur de cerise, deux de vermouth rouge, deux de jus d'orange. Et un zeste d'agrume pour la décoration. Je viens d'en commander un second. Les pales du ventilateur tournent doucement au-dessus de ma tête. Un souffle calme, régulier. Le couple de Norvégiens est assis là-bas, comme chaque soir. Ils boivent du champagne et ne parlent pas. Tout à l'heure, l'Indien et sa fille viendront manger le poisson de la pêche du jour, les légumes qu'on aura rapportés du village. Il n'y a pas de fenêtre, juste de larges ouvertures. La température est plus douce maintenant. Le soleil est une grosse orange. Il a la couleur du feu dans mon verre. Il va bientôt tomber dans la mer et ce sera la nuit. La bête est partie. Les nuits ne m'effraient plus. Voilà près de quatre semaines que je suis ici. J'ai laissé l'argent avec lequel je suis venu me nourrir. Me laver. M'aider à retrouver un peu de poids. J'ai prononcé très peu de mots. Mon espagnol d'école a lentement refait surface. Chaque jour, mes phrases s'allongent. Mes fautes font sourire. On m'offre des mots, comme des béquilles. On voudrait tant que je parvienne à me faire comprendre. Ici, un homme qui s'exprime mal est un animal. Un *pendejo*. J'ai appris à dormir de nouveau, la nuit. J'ai marché des heures au bord de l'océan, à un petit pas de son appétit meurtrier, et il n'est pas parvenu à m'attraper. J'ai laissé partir ceux que j'aimais. Les yeux de mon père pleuraient encore lorsque je les ai tous quittés. Ils étaient vivants. Nous ne devions plus l'être.

Je suis inconnu, ici. Je n'ai pas de passé. Je n'ai jamais tenu un Ruger dans ma main. Jamais appuyé sur une gâchette. Je viens d'Europe, de France. Ah Paris, Paris ! Je suis encore un peu trop maigre. Ma peau a foncé sous le soleil ces dernières semaines. Sur les côtés, mes cheveux ont commencé à blanchir. Le vert qu'aimait ma mère brille de nouveau dans mes yeux.

Desconocido. Inconnu.

Le cri avait réveillé Léon. Il avait crié à son tour en voyant le visage ensanglanté de sa sœur. En découvrant l'arme dans ma main. L'oreiller dans l'autre. Je m'étais précipité vers Joséphine. La balle avait traversé la mâchoire, dénudé l'os. Ma fille s'était effondrée dans mes bras. Fais le 15, Léon. Appelle le 15. Vite. Dis que c'est une blessure par balle. Au visage. Un enfant. Dépêche-toi. Dépêche-toi.

Six minutes après, nos vies étaient anéanties.

La police était arrivée. On m'avait mis à l'écart de mes enfants. On avait cherché à joindre Nathalie. En vain. Alors on avait appelé la femme de mon père. On lui avait dépêché une voiture. On avait fait venir d'autres médecins. Quelques policiers avaient renvoyé chez eux les voisins curieux. Le Samu avait déjà emmené Joséphine au CHU.

Dans la cuisine où j'avais été enfermé, mon gardien m'avait regardé avec dégoût d'abord. Puis avec une infinie tristesse. Faire ça à ses propres mômes. Putain. Il m'avait demandé mes lacets, ma montre. Et de vider mes poches.

La femme de mon père était arrivée. Léon s'était précipité. C'est tout c'est fini je suis là Léon on va aller chez moi ton grand-père t'attend il a préparé du chocolat chaud on va aller chez moi tu vas prendre un bain te reposer si tu veux on va regarder un film on a plein de bons films des comédies musicales oh mon Dieu qu'est-ce qui s'est passé qu'est-ce qui s'est passé on n'a pas eu assez de malheurs comme ça il a fallu que. Une femme avait posé doucement sa main sur son épaule, pour la faire taire. Puis elles avaient quitté la maison, Léon entre elles, le pyjama souillé. Une petite poupée désarticulée. Et ç'avait été le vide. L'abîme.

On ne m'a pas menotté. On m'a poussé fermement jusqu'à une voiture. Je m'y suis engouffré. Mon gardien s'est assis à côté de moi. Ses yeux ne me quittaient pas. Sa haine non plus. On est partis. Gyrophare. Pas de sirène. Un petit fait divers : un homme tire sur sa fille de onze ans. Pas de quoi réveiller le quartier. À l'antenne de police, le sous-brigadier m'a reconnu. Un sourire triste. Je vous l'avais dit, la poubelle du malheur des hommes, monsieur. Allez, entrez dans ce bureau, quelqu'un va venir. J'ai demandé des nouvelles de ma fille. Quelqu'un va venir, monsieur. Est-ce qu'elle. Quelqu'un va venir, monsieur. Personne n'est venu.

À l'aube, on m'a conduit à l'UHSA du CHRU de Lille en ambulance. On m'a attaché à un lit. On a planté des aiguilles dans mon bras. J'ai perdu connaissance plusieurs fois. La chaleur de ma pisse m'a réconforté. L'odeur de ma merde. J'ai refusé de manger. Je voulais mourir. On a planté une nouvelle aiguille. Je n'avais plus faim. Plus soif. J'ai essayé d'avaler ma langue et j'ai vomi une eau acide. Des infirmières passaient, me surveillaient. Elles étaient gentilles.

Est-ce que ma fille.

Nous ne savons rien, monsieur. Nous ne savons même pas si elle est ici.

Puis, beaucoup plus tard, quelqu'un est venu, avec un sourire.

Je suis seul ici. Je suis venu seul.

Après plus de trois années passées avec les médecins, embrigadé par les médecines, j'avais fini par retrouver la journaliste qui portait le nom d'un grand amiral de la marine anglaise et d'un album de Gainsbourg.

Elle ne se souvenait pas de moi. Je ne vous comprends pas, disait-elle. Je ne vois pas ce que vous cherchez. Et puis, je suis avec quelqu'un, je suis mariée. Je lui avais parlé de sa tristesse, son infinie beauté. Un lagon bleu. D'un cocktail qui portait le nom d'un film, avec un morceau d'écorce d'orange sur la tranche du verre. Je parlai de la faire rire. Je parlai d'une vie, je lui parlai d'elle. Mon improbable bouée, qui m'avait évité de couler, maintenu vivant à la surface du malheur ; tous ces longs mois passés dans le blanc, dans l'éther, parmi les bruits du fer. Le silence du monde. Trois années de sangles, de chimie. Elle ne dit rien, raccrocha pour toujours. Il faut être deux blessés pour se rencontrer, deux errances, sinon l'un écrase l'autre, finit par l'achever. J'avais longtemps gardé le combiné du téléphone dans la main, contre mon oreille. Un petit pistolet de plastique. J'avais laissé s'évanouir ma dernière illusion.

La maison a été vendue. Nathalie en a obtenu plus de la moitié et le reste m'a conduit ici.

Ici, où je rêvais que naissent nos vies désormais. Des histoires d'amour immenses et tragiques. Brèves et infinies à la fois. C'est à quelques miles d'ici qu'on a tourné *La Nuit de l'iguane*.

Ici, la moiteur des corps, la brûlure des désirs sont palpables. Les péchés. La folie. L'océan qui avale les hommes.

Ici, il y a vingt-sept *palafitos*. Ils portent chacun le nom d'une carte de la loterie mexicaine. J'occupe *el valiente*. Le brave. Le hasard est parfois amer. C'est ma dernière nuit dans cette incroyable chambre, cette petite maison qui danse, comme une naucore, sur une île, entre le ciel et l'eau. Hier matin, l'une des six femmes de ménage n'était pas avec les autres dans la camionnette qui les amène chaque jour d'El Tuito, le village voisin, en bordure de la réserve. Le silence des cinq autres avouait un malheur. Les tigres rôdent toujours la nuit. Je ne sais pas ce qui m'a pris. J'ai demandé à prendre sa place. À faire son travail. Je vous en prie. Je suis fils de femme de ménage, je sais ce que c'est. Je ne crains pas de m'abîmer les mains. Je les ai fortes et solides, comme ma mère. Je ne peux plus payer sept mille sept cent cinquante pesos par jour. Ce travail, c'est soixante pesos par jour, monsieur, en travaillant un an, vous pourriez tout juste dormir deux nuits ici, vous ne vous rendez pas compte. J'ai dit si, oui, je me rends compte. J'ai dit je veux travailler ici et gagner soixante pesos par jour. *El loco. El loco.* Je suis devenu le fou, ce jour-là. Mes silences depuis mon arrivée ont plaidé en ma faveur. Ma discrétion avait dessiné l'image d'un inoffensif. Mes mots approximatifs avaient fait naître une compassion polie auprès du personnel de l'hôtel. Plus tard, mes collègues de ménage me raconteront qu'on m'avait prêté un grand, immense, inguérissable chagrin d'amour – ce qui n'était pas tout à fait faux. Que si je marchais si près de l'océan, c'était parce que je voulais qu'il m'avale. Comme le *suicida* qui avait écrit *Sous le volcan.* Que peut-être j'étais venu écrire un livre. Faire les mots avec le *sangre.* Comme on fait l'amour fou. On disait que la magie du *Desconocido* m'avait sauvé. Je suis devenu un homme de ménage. Pour dix pesos par jour, on m'a loué une minuscule chambre à El Tuito.

Nous partons chaque jour à l'aube, sept jours sur sept. Cinquante minutes dans une inconfortable camionnette. Des routes de terre. Un long, long voile de poussière. J'essaie de l'attraper parfois, de le retenir. Les femmes rient. Et au travers des barreaux que leurs doigts forment devant leur bouche, les mots s'enfuient. *¡El loco! ¡El loco!* Je ris avec elles et, jour après jour, mon rire s'allège, devient gracieux même, dépouillé des chagrins du passé.

C'est avec ce rire qu'un jour j'entrerai en elle.

— Pourquoi n'êtes-vous jamais allé chercher votre mère ?

Bien qu'un autocollant l'interdise, il me laisse fumer. J'aspire longuement le tabac, jusqu'à ce qu'il me brûle les lèvres, la langue. Puis je recrache la fumée qui stagne un instant devant mon visage, le dissimule, comme la pomme cachait celui du *Fils de l'homme* dans le tableau de Magritte.

— J'attendais qu'elle revienne. Je pensais qu'un enfant était tellement important qu'une maman revenait toujours. Apparemment non. Je me suis constamment demandé pourquoi elle ne nous avait pas emmenés avec elle, ma sœur et moi. Pourquoi elle nous avait juste laissés avec notre père. On a voulu y aller une fois, quand on était petits. Le train coûtait très cher, des centaines de francs, on n'avait pas l'argent. J'avais juré à Anna d'en trouver. De le voler s'il le fallait. Mais je n'ai jamais osé. Je ne sais pas pourquoi. Peut-être la peur. Peur qu'on me prenne, qu'on me punisse. Non. Ce n'est pas ça, en fait. C'était une autre peur. Celle de découvrir qu'elle pouvait vivre sans nous. Être heureuse et vivante sans nous. De voir qu'elle ne souffrait pas, qu'elle n'avait pas besoin de nous. Comme les grenouilles qui abandonnent sans hésitation leurs têtards dans un coin de mare. Ou les tortues marines qui enfouissent leurs œufs dans le sable, laissant leurs bébés s'en sortir seuls, atteindre l'eau seuls, survivre seuls. Elle était peut-être de cette race-là, une tortue marine. C'est ça que je ne voulais pas savoir. Pas voir. Ses bras refermés sur d'autres. Je n'ai jamais osé demander à mon père si elle avait d'autres enfants que nous, une autre famille, avec une petite fille vivante. Si j'avais un frère. Elle est partie parce que Anne est partie. Elle nous a abandonnés à notre père. Je pense qu'on a davantage grandi Anna et moi dans son absence à elle que dans sa présence à lui. C'est quand la voisine de ma mère a posé la même question que vous – pourquoi n'êtes-vous pas allé la chercher – que j'ai compris. C'est parce qu'elle ne m'aimait pas. Un jour, je lui ai demandé si elle m'aimait et elle a répondu à quoi ça sert. Aucun enfant ne devrait entendre ça. Ça m'a tué. Je veux dire, c'est ce qui a commencé à me tuer.

J'allume une nouvelle cigarette. Il me regarde. Regard doux. Sourire bienveillant.

— Ça aussi, ça a commencé à vous tuer, dit-il.

— Elle toussait beaucoup la dernière fois que je l'ai vue, il y a dix ans. Je lui ai raconté ce que nous étions devenus mais elle s'est endormie. Je l'ai regardée, je me suis dit que c'était le moment. Que je devais la prendre dans mes bras, la ramener chez nous. Mais nous n'avions plus de chez nous. La femme de mon père avait pris toute la place. J'étais en train de me séparer de Nathalie. Anna et Thomas vivaient dans un studio. Nous n'avions plus de chez nous parce que nous n'avions plus de maman, je crois. Quand elle est partie, le jour de l'enterrement, elle a emporté avec elle l'idée même d'une famille, d'une maison. L'envie de coller des dessins sur la porte du frigo. Elle a laissé le vide. Le froid. Mon père dans son assiette. Ma sœur et moi dans l'escalier. Alors ce jour-là, je ne l'ai pas prise dans mes bras. Ni emmenée avec moi. Je l'ai laissée là, au milieu des cendriers, des canettes de bière, de ses livres. Et je ne l'ai plus jamais revue. Est-ce que vous savez si ma fille

Ce sont les Aztèques qui l'ont appelé El Tuito, au XVIe siècle. On en donne deux traductions. Vallée des dieux. Et Lieu de beauté.

Maisons jaunes, orange, mélanges de boue et d'argile locales. Tuiles rouges. Palmiers. Une place carrée, galerie à colonnes, et sur la place un arbre immense que les villageois ont baptisé Maria. Les éleveurs et les agriculteurs travaillent pour les hôtels des environs, dont le *Desconocido*. Chaque jour, des camionnettes ou des pick-up y livrent les mangues, les oranges, citrons, goyaves. Les éleveurs fournissent leurs viandes. Mais on y préfère le poisson. Marlins bleus, thons jaunes, carpes rouges, espadons. Voilà deux mois que je vis ici. Je ne sais pas encore si j'ai commencé à me réparer.

À l'aube, nous partons à la Cruz de Loreto. Nous commençons notre service au *Desconocido*. Nous nettoyons d'abord les pontons de bois. Les huilons, parfois. Puis l'immense *palafito* où se trouvent le bar, le restaurant, l'impressionnante table de billard. Puis les villas, quand les clients ont hissé le drapeau bleu, qui nous indique de faire le ménage. Le rouge, c'est pour le petit déjeuner. Et le blanc signifie qu'ils ont besoin de quelque chose. Il n'y a pas de téléphone dans les chambres. Pas d'électricité ni d'eau chaude. C'est un hôtel écologique, qui utilise les ressources de la réserve. L'eau potable vient d'un aquifère. Quelques panneaux solaires sont utilisés pour l'eau chaude et l'électricité dans la cuisine. Au début, j'ai été désorienté. Mais quel bonheur de découvrir une vie régie par la lumière du jour, la couleur du ciel. De passer des soirées à la bougie, au milieu de nulle part, avec au loin le grondement faussement apaisé de l'océan. J'aime faire le ménage. On m'a appris comment enlever les taches de cire, de rouge à lèvres et de sang (sans eau chaude). Comment balayer le plancher pour déloger les grains de sable dans les rainures. J'ai la responsabilité de cinq *palafitos*. J'apprécie les gens qui les occupent. Mais lorsqu'ils partent, j'aime faire tout disparaître d'eux, le moindre cheveu, le moindre parfum, pour que les suivants s'imaginent être les premiers. S'imaginent au paradis. Nous rentrons alors dans la fin de l'après-midi, lorsque les lits sont préparés pour le soir, que les réservoirs d'eau ont été remplis et les fleurs déposées sur les tables de nuit. Certains jours, je reste un peu, je marche le long de l'océan et rentre avec la dernière fourgonnette. Je retrouve alors ma minuscule chambre. Elle ressemble à une cellule. Pour deux pesos, la propriétaire me prépare des tacos ou des *tostadas* ;

pour deux de plus, elle me sert un verre de *raicilla*, qui me brûle le ventre et m'aide à m'endormir vite.

Je ne fais plus de cauchemars maintenant. Je ne me réveille plus en pleurant. Je n'ai plus besoin de cachets. J'ai eu quarante ans dans le silence. Je fais le ménage dans un hôtel sur la côte ouest du Mexique. Mes amis conduisent des camionnettes remplies de fruits, m'apprennent à blanchir le linge. Nous rions ensemble, le soir, dans l'ombre de Maria, l'arbre géant. Et lorsqu'ils me demandent de leur raconter ma vie d'avant, je raconte pour la dixième fois que je fuis une femme, une *exaltada*, une *hambrienta d'amore* et leurs rires redoublent et le mien s'envole, léger, et il me semble alors avoir enfin trouvé la paix.

Je suis resté longtemps sans nouvelles d'elle. Je ne
savais pas si elle était en vie, si j'étais l'assassin de
ma fille. C'était le plus douloureux. Ne pas savoir.
On ne répondait pas à mes questions. On ne me
parlait pas. Je flottais dans une sorte de vide. J'ai
essayé de me noyer sous la douche. De m'étouffer
en avalant ma merde aux toilettes. D'inciser la peau
de mon poignet avec les dents, pour arriver à la
veine et l'ouvrir. Laisser le poison jaillir. Visqueux.
Définitif. On me sauvait chaque fois. On me voulait vivant. On voulait comprendre, autopsier l'horreur, expliquer. Je me souvenais des photographies.
Joséphine fait un baiser au gros ventre de sa mère.
Joséphine dessine, peint, prépare mille cadeaux de
bienvenue pour son petit frère. Ma fille est belle.
Anna a voulu venir. On a refusé. Les autres n'ont
pas demandé à me voir. Ni Nathalie. Ni FFF. Ni la
femme de mon père.

J'étais un monstre. Le voisin charmant, poli, souriant. Un homme sans histoires. Jamais un mot de
travers. Jamais un regard flou. Il triait ses ordures.

On ne l'a même jamais vu écraser un mégot par terre. Quand même. Sa femme l'a quitté. Il a été viré de son travail pour corruption, je crois. Son père est handi-capé ou quelque chose comme ça. Et sa mère. Elle est morte dans des conditions épouvantables. Il l'a abandonnée.

J'étais un papa qui avait fait du mal à sa fille, qui s'apprêtait à en faire à son petit garçon. Mais ma main avait tremblé.

J'avais voulu que nos lâchetés cessent, que mes héritages s'arrêtent avec moi. Mais ma main avait tremblé et une partie du visage de ma petite fille avait été emporté par la balle.

J'avais voulu que jamais un indélicat ne puisse leur faire du mal, détruire leurs vies. Mais ma main avait tremblé et je nous avais même raté ça.

La délicatesse. La fin des choses.

J'avais raté nos adieux.

Et un jour, un an après, une éternité plus tard : votre fille est vivante. Joséphine est vivante. J'avais pleuré. Je peux la voir ? S'il vous plaît. J'avais men-dié. Comment va-t-elle ?

Les médecins avaient été froids, factuels. Des scal-pels.

Elle ne sourit pas encore. Elle gardera toujours une légère déformation de la mâchoire. Après quelques greffes de peau, trois peut-être, la cicatrice aura pratiquement disparu. La rééducation permet-tra de recouvrer une élocution correcte. Avec de la patience, du temps, on ne verra plus rien. On fait des merveilles aujourd'hui en chirurgie. Des miracles parfois.

Mais quel miracle pour que Joséphine ait un jour une jolie vie ?

¡El loco! ¡El loco! Je me suis retourné. C'était un gamin d'une petite dizaine d'années. J'ai aussitôt pensé à Léon. Dans mon souvenir, Léon était plus grand, aussi mince, mais un peu plus jeune.

Il avait huit ans la dernière fois que je l'avais vu, cette nuit-là, il y a presque cinq ans. Il était parti, sans un regard, entre la femme de mon père et une autre, le pyjama souillé, misérable, terrifié. Il n'était pas venu me voir à l'hôpital quand, un an plus tard, on avait jugé que je n'étais pas dangereux. Il n'avait pas voulu que je lui rende visite, lorsque j'étais sorti, à l'aube de ses douze ans. Je lui avais écrit une lettre mais ne savais pas s'il l'avait lue, si Nathalie la lui avait donnée. Il faudra du temps, m'avait-on dit. Ce seront des retrouvailles lentes, difficiles. Sans doute improbables. Ne vous y accrochez pas pour l'instant. Avancez vers autre chose. Ne vous arrêtez pas, l'immobilité vous ferait tomber.

L'enfant tenait un ballon de football sous le bras. Un vieux cuir cousu qui semblait avoir crevé plusieurs fois. Je l'avais déjà remarqué ; toujours soli-

170

taire, le T-shirt trop grand, à dribbler les colonnes de la place, à tenter des frappes sur les troncs des palmiers. Il avait une maladresse touchante, un entêtement désarmant.

¡El loco! ¡El loco! Je me suis retourné. Il m'a regardé avec ses yeux très noirs, m'a souri ; un collier de dernières dents de lait et de dents définitives. Il était seul, à son habitude. Il m'a demandé de lui tirer des pénaltys. Il voulait être gardien de but, mais on ne voulait pas de lui dans l'équipe du village. On m'appelle la passoire. J'ai alors pensé qu'un fou et une passoire étaient faits pour s'entendre et j'ai accepté. Il a sauté de joie, Léon avait eu le même petit bond la première fois où nous avions invité son meilleur copain à dormir à la maison. J'ai suivi le petit gardien à quelques rues de là, vers une petite impasse. Sur le mur d'argile, une cage de but avait été dessinée. Quelques mots d'homme aussi. Crus et poilus. C'est simple. Tu tires d'ici. Et moi, là-bas, je suis Jorge Campos. Au premier tir, j'ai failli me broyer les orteils. Il n'a pas arrêté le ballon. Cela dit, mon tir l'avait envoyé trois bons mètres au-dessus de la barre. Au deuxième, j'ai tiré plus prudemment, presque mollement, un tir plutôt cadré, comme on dit. Il l'a arrêté. Le troisième était plus perfide. Une lucarne. La passoire a fait un bond, a laissé le ballon taper le mur derrière lui. Il est tombé à terre, s'est relevé en se frottant le coude, une petite grimace d'homme sur le visage.

Les quatrième, cinquième, jusqu'au vingtième ont été douloureux pour mon pied et pour l'honneur du gardien. Des villageois se sont approchés. Ils poussaient des oh, des ah, applaudissaient, riaient. Un maraîcher a proposé de tirer à ma place. Jorge Campos a arrêté deux beaux ballons. Je m'apprêtais à shooter dans le dernier quand une voix féminine a appelé l'enfant. Arginaldo ! Celui-ci s'est précipité. C'est ma sœur, a-t-il dit en passant devant moi, je dois rentrer. J'ai tourné la tête. Sa sœur était bien plus âgée que lui. Elle avait un regard très noir. Très profond. Arginaldo est revenu près de moi. Une demi-seconde à peine.

Merci, *el loco*.

Le Pacifique, violent, fascinant, la beauté du lieu, les milliers d'oiseaux, la douceur de l'air, l'absence de téléphone, de fax, d'Internet, d'électricité et des mauvaises nouvelles du monde expliquent que le *Desconocido* ne désemplit pas. Les clients se succèdent. Ils arrivent de Delhi, de San Francisco, de Hambourg, de Birkirkara, de Moscou, du Cap. Ils arrivent hagards, repartent heureux. Certains couples ne quittent pas leur *palafito*. D'autres partent marcher le long de l'océan pour la journée. On leur prépare un merveilleux panier-repas. Ils rentrent le soir, les joues rouges, la peau sèche et salée. Certains ont observé les oiseaux. L'un d'eux a reconnu un tyran quiquivi, une mouette atricille et de grandes aigrettes. D'autres ont eu la chance de voir naître des petites tortues de mer et les ont aidées à gagner l'eau chaude de l'océan. Ils les ont sauvées. Ils en parlent le soir, émerveillés, leurs yeux fiévreux brillant à la lueur des bougies.

Il y a quelques mois, j'étais l'un d'eux. J'avais écouté, le soir, ce couple de Norvégiens raconter leur passion pour Thoreau et nous avions débattu tard dans la nuit. Petits étudiants attardés, doucement ivres. L'idéalisme. La lâcheté. La nature. L'industrialisation. L'absence de sens. J'avais parlé du cheval dans les lasagnes de bœuf en France. Des boulettes de merde dans les biscuits d'Ikea. On ne m'avait pas cru. On avait commandé d'autres bouteilles de champagne. Les flammes des bougies faisaient danser les bulles, papillonner nos yeux. Une lumière de La Tour. Puis l'obscurité dehors, à un mètre de nous. Les menaces.

Il nous semblait alors être au bout du bout du monde. Là où tout s'arrête. Où l'on découvre que la Terre n'est pas ronde. Que là-bas, à quelques miles, l'océan tombe, comme une cascade, que son eau s'évanouit dans l'espace, que chaque goutte devient une minuscule étoile. Nous sommes si petits, déjà finis. Léon ne m'a jamais demandé pourquoi la Terre était ronde. Pourquoi les hommes du pôle Sud ne tombent pas, papa ?

Depuis, on m'a proposé de travailler à l'hôtel certains soirs, en plus de mes heures de ménage. Ces soirs-là, je gagne soixante autres pesos. À ce train-là, dans trois cent quatre-vingts nuits, je pourrai m'acheter une Coccinelle d'occasion. Je débarrasse les tables quand les derniers clients partent se coucher. Je fais la vaisselle. Nous rions, avec Pascual. Il raconte qu'il a eu mille femmes. Huit cent soixante-treize exactement. Jamais une Parisienne. Mais il ne le regrette pas. On lui a dit qu'elles n'étaient pas des *golosas* au

174

lit. Et lui, c'est ça qu'il aime dans l'amour, et au lit : la gourmandise. Je prépare les tables pour le petit déjeuner. Et lorsque mon travail est terminé, je dors là, dehors, sur le sable, près de l'étang immense, poissonneux ; quelques heures tièdes. Le grondement de l'océan me berce. Il est chaud et rauque, comme le souffle d'un père. Un père vaillant, cette fois.

— Justement. Votre père ?

— C'est difficile de parler de lui. Il est en train de mourir. Un cancer. Côlon, foie. La dernière fois, il y avait en plus des taches sur un poumon. C'est imparable. Mais il fait l'aveugle. Pour ne pas peiner sa femme, peut-être, mais surtout pour ne pas avoir à se battre. Je crois que je ne suis pas triste de ça. J'étais triste pour ma mère. J'étais effondré quand elle est morte. Une mort furieuse. C'était l'année où Léon est né. Où Nathalie me trompait à nouveau. J'étais soudain orphelin de tout. J'ai eu du dégoût. Pas seulement dans l'esprit, dans ma chair aussi. Il me semblait alors que je puais. J'étais une merde. On me quittait. Tout le monde me quittait. Et Léon n'avait pas encore besoin de moi, pas encore besoin d'un père. Sa mère le comblait. Avec les odeurs de l'autre, son parfum minable, son remugle de foutre. J'ai essayé de ne pas être jaloux. C'est ça qu'il y a de bien avec la lâcheté : les autres vous mettent profond, et vous ne gueulez pas. J'ai toujours vu mon père comme ça. Puisque c'est de lui que vous voulez que je parle. (Il se lève, ouvre plus grande la fenêtre, à cause de mes cigarettes. Mais il ne s'en plaint pas.) Je me souviens que je trouvais mon père beau quand il racontait aux clientes qu'il allait trouver une solution. Nous l'espionnions derrière la vitrine de chez Lapchin, ma sœur et moi. Et nous étions fiers. Dans ces moments-là, nous étions terriblement heureux ; mais pourquoi le bonheur et les arcs-en-ciel ne sont-ils pas faits pour durer ? Il y a une solution pour tout, madame Michel, une solution rien que pour vous, madame Doré. Et elles le regardaient comme s'il était Jésus : « Demandez, vous obtiendrez[1]. » Il les rendait heureuses, il les sauvait. Il était aimé pour ça. Pourquoi ne nous a-t-il pas sauvés, nous. Pourquoi n'avait-il de solutions que pour les autres. Pourquoi a-t-il laissé notre mère s'en aller. (Je pousse un soupir excédé.) Excusez-moi. (J'écrase ma cigarette.) Ouais, quelle merde ces héritages. C'est pour ça que je lui en veux. Non pas de ne pas nous avoir assez aimés pour nous sauver – au moins comme ses putains de clientes –, mais de m'avoir fait comme lui. Une petite crotte, un petit lâche. De ne pas m'avoir bousculé, hurlé à mes oreilles : Ne sois pas comme moi, Antoine, tu entends ? Jamais ! Ne me ressemble pas, fuis-moi ! Ma mère me l'avait bien dit, mais je n'avais pas compris. C'est à un père de vous dire ces choses-là. Un jour, alors qu'il se garait, quelqu'un lui a piqué la place. Casse-lui la gueule, papa ! Casse-lui

---

1. Saint Luc 11, 5-13.

la gueule, te laisse pas faire. Il n'a rien dit. Il a enclen-
ché la première vitesse. Il a redémarré et m'a déposé
à la maison. Toujours sans rien dire. Je m'étais alors
juré que ça ne m'arriverait pas quand je serais grand.
Et ça m'est arrivé. Il me l'a transmise, cette maladie.
J'ai grandi dans cette honte-là. La pire : la honte de
soi. Je sais qu'il veut venir me voir. Mais pour l'instant je ne veux pas. Je ne suis pas prêt. Le mal que
j'ai fait, c'est le mal qu'il a fait.

71

Les soirs où je rentrais à El Tuito, Arginaldo et moi nous retrouvions pour son entraînement. Jorge Campos était petit mais c'était le plus grand des gardiens de but, me disait-il pour se donner du courage. Je frappais le ballon à m'en fouler la cheville et, soir après soir, la passoire s'envolait plus haut, volait plus longtemps, plongeait plus vite, rageait, pestait plus fort, s'applaudissait parfois. En trois mois, il était passé de quatre-vingt-quatorze buts encaissés sur cent à soixante et onze. Un chiffre très encourageant, le rassurais-je. Et, crois-moi, je vise de mieux en mieux.

À soixante-cinq buts encaissés, il m'a offert une paire de Nike. Il est venu s'asseoir à côté de moi après notre entraînement, alors que je crachais mes poumons. Il a posé sa petite main sur mon épaule. J'ai un cadeau pour toi. C'est ma sœur qui a payé, mais c'est moi qui ai eu l'idée. Pour te remercier. Tiens. C'est presque les mêmes que celles de Kakà. Puis, plus bas, pratiquement dans un murmure : j'aimerais bien en avoir des comme ça. Un jour.

Je me suis mis à rire. À sangloter aussi. J'ai serré le gamin dans mes bras. Je tremblais. J'avais soudain envie de promesses. De retrouvailles. De cette joie-là. Je te les donnerai quand tu seras grand, Arginaldo. Tu ne seras plus là quand je serai grand. Pourquoi tu dis ça ? C'est ma sœur. Elle dit que tu ne vas pas rester ici. Que tu vas repartir. Parce que c'est toujours comme ça.

Alors j'ai pris les chaussures qui ressemblaient aux Nike de Kakà, les ai chaussées. Puis, je me suis levé, j'ai sautillé cinq ou six fois sur place avant de sauter en l'air, avec force. En retombant sur le sol, les crampons se sont enfoncés entièrement dans la terre ocre.

Vingt-quatre petites racines.

Je vais rester là, Arginaldo. Je te le promets. Je vais rester, et tu vas devenir le meilleur gardien de but du monde.

75

— Revenons à votre père. Vous m'avez dit qu'il vous avait récemment exprimé le regret de ne pas vous avoir conduit jusqu'à Patricia V*, après, après, je regarde mes notes, c'est ça, après votre dîner en tête à tête, au Café de la Gare, et que vous vous étiez demandé pourquoi était-ce lorsqu'on les perdait qu'on croisait enfin ceux qui nous ont manqué ?

— Je ne sais pas quoi vous dire. Il a près de soixante-quinze ans. Des médicaments qui doivent l'abrutir. Une femme qui parle tout le temps, qui ne respire pas entre les mots. Il étouffe. Il doit avoir très peur. Je suppose qu'il plonge en lui pour trouver des îles. Des plages de silence. Des choses pardonnables. Il est dans le déni mais il sait qu'il s'en va. Il a sans doute des souvenirs qui refont surface. Qui s'affolent. Il a peut-être voulu me dire quelque chose. Qu'il se souvenait de ce soir-là. Qu'il avait compris que ça avait été important pour moi, cette fille.

— Il a peut-être voulu vous dire que vous étiez important pour lui.

4 × 4

Soudain, le pick-up stoppe net. Au milieu de la route, dans le voile de poussière. À l'arrière, sur le plateau, nous sommes projetés les uns sur les autres. Des cris. Des craquements. Un journalier est éjecté. Il se relève en riant, puis tombe dans les pommes lorsqu'il voit que son avant-bras gauche, à la hauteur du coude, fait un improbable angle droit. Les femmes se précipitent. Le chauffeur, dont le visage saigne, lève les bras au ciel, sa colère le défigure. Il regarde sous le 4 × 4. Sur les côtés de la piste. Rien. Et le voilà qui clame : *¡Espíritu maligno! ¡Espíritu maligno!* Et tandis que le journalier revient à lui, que les femmes finissent de caler son bras tordu dans une grille de petit bois, je m'approche de l'avant du gros Toyota. Pascual est là, à mon côté, il frotte son épaule qui s'est écrasée contre la cabine. Je fais le tour du pick-up. Le chauffeur est maintenant assis, à une dizaine de mètres de nous, *¡Espíritu maligno!* En retombant, la poussière lui donne la couleur d'un spectre.

Je me retrouve propulsé cinq ans en arrière. Lorsque mon esprit cherchait à expliquer ce qui ne s'expliquait pas. Mon instinct d'alors. Parfait petit salaud qui devait trouver la faille pour ne pas payer. Je demande qu'on démonte les roues. Je souris. Je le savais. Les pistons et la chambre hydraulique des freins à disque avant ont été remplacés par des contrefaçons chinoises ou coréennes. L'acier contrefait a fondu, le piston s'est alors coincé, collant pour ainsi dire les plaquettes contre le disque, entraînant l'arrêt brutal du pick-up, le bras à angle droit du journalier, le *fantasma* du chauffeur et les cris des femmes.

J'ai démonté les disques avant, neutralisé l'arrivée du liquide et vérifié le bon fonctionnement des freins arrière. Et enfin, je fais remettre les deux grosses roues en place. Pascual me regarde avec les yeux d'un enfant, bien qu'il ait l'âge d'être mon père. *El loco,* tu me tues. Tu as de l'or dans les mains et tu fais le ménage. Nous faisons demi-tour, reprenons à faible allure la route vers El Tuito. Le centre de Santé. Le journalier gémit, allongé au milieu de nous, sur la tôle qui lui brûle le dos. Une femme caresse son front, comme une maman. Une autre prie.

Pascual prend ma main. L'examine comme une pierre précieuse. Tu es un docteur des choses.

Cette main, qui avait tiré sur ma fille cinq ans plus tôt.

— Vous pensez encore à la mort ?

— Non.

— Qu'aviez-vous voulu emporter avec vous, cette nuit-là ?

— La malédiction.

— Pensiez-vous à la peine de ceux qui allaient rester ?

— Le besoin de paix était plus grand. Je pensais qu'ils comprendraient.

— Qu'ils comprendraient quoi ?

— Comprendre, c'est faire un pas de géant vers l'autre. C'est le début du pardon.

— Vous vouliez être pardonné pour ce que vous aviez prévu de faire ?

— Non. Je voulais juste qu'ils comprennent que je n'avais pas d'autre issue.

— Vous ne vouliez pas être pardonné ?

— C'était impossible. Récemment, des parents ont tué leurs deux enfants puis se sont pendus. Ils ont laissé un mot. *Ceci n'est pas un homicide, c'est un acte d'amour.*

Qui peut comprendre. Le pardon n'est pas pour ces gens-là. C'est l'effroi qui l'emporte.

— Vous dites que vous n'aviez pas d'autre issue.

— Tout me semblait dérisoire face à ce qui me rongeait.

— Le fauve dont vous parliez ?

— À un moment, c'est lui qui a pris les commandes. Vous savez que ça va être un carnage mais vous savez aussi qu'après ça sera fini. Que vous ne souffrirez plus.

— Pourquoi Joséphine et Léon ?

— J'avais peur.

— Peur ?

— Je me disais que s'ils ne se réveillaient plus, il ne pourrait rien leur arriver de mal.

— Comme votre sœur Anne ?

— Comme ma sœur Anne.

— Vous ne vous êtes jamais demandé si Anne n'aurait pas préféré vivre si elle avait eu le choix ?

— Ça ne mène nulle part ce genre de question.

— C'est à moi d'en décider.

— Je pense qu'elle aimait sa vie. Je suppose qu'elle aurait aimé vivre, comme Anna.

— Et vos enfants, vous ne pensez pas qu'ils auraient aimé vivre ?

— Ils souffraient énormément du divorce.

— Comme beaucoup d'enfants.

— Léon avait recommencé à mouiller son lit. Joséphine décrochait à l'école. On soupçonnait des troubles de déficit d'attention. Tous les deux voyaient un psychologue. On avait proposé à Nathalie un plus gros poste à Lyon. Ils allaient s'y installer, avec le directeur artistique. Sept cents kilomètres entre nous. Nous n'allions plus nous voir. Plus nous toucher. Plus être ensemble. Ils n'aimaient pas cette vie-là.

— Vous le leur avez demandé ?

— Je ne voulais pas cette vie-là pour eux.

— Puisque vous n'aviez plus de travail ici, vous n'avez pas pensé aller à Lyon. Refaire votre vie là-bas. Pour être près d'eux.

— Je n'allais pas faire ma vie en fonction d'une femme qui me trompait. Qui me quittait.

— Je parle de vos enfants.

— Je n'en avais pas la force.

— Ne serait-ce pas plutôt parce que vos enfants ne vous choisissaient pas ? Parce qu'ils suivaient leur mère ? Qu'une fois encore, on vous abandonnait ? Votre mère d'abord, puis votre femme. Votre employeur, il y a quelques mois, votre père, en ce moment. Parce que l'horreur recommençait. Vous m'avez dit l'autre jour que vous aviez laissé votre mère, pardon, que vous n'étiez pas allé la chercher à Bagnolet parce qu'elle ne vous aimait pas.

— L'amour est aussi un assassin.

— Le manque d'amour, vous voulez dire.

— Le manque d'amour.

— Pourquoi précisément cette nuit-là ?

— La semaine avait été très belle. Nathalie était à Leucate avec son amant, pour les photos de leur catalogue de rentrée. J'avais les enfants avec moi. Cette dernière journée avait été particulièrement réussie. Nous avions écouté de la musique, dansé dans le salon. Nous avions fait des plans pour une piscine dans le jardin. Mangé des gâteaux chez Montois. Là où mes parents s'étaient pris la main pour la première fois, où la violence avait commencé. Je voulais changer le cours des choses. Repartir de l'endroit où elles s'étaient gâtées. Effacer le mensonge premier. Après le déjeuner, Joséphine m'avait parlé des études qu'elle voulait faire. Des choses qu'elle voulait créer. C'était très beau. Nous étions profondément heureux.

— Vous ne pensiez pas que ce bonheur avec vos enfants pouvait se répéter ?

— Je pensais que ce soir-là était une jolie fin.

— Vous pensez encore à la mort ?

— Non.

Un dimanche nous partons à la plage de Mayto, au sud de Puerto Vallarta. Pascual conduit la camionnette. Trois femmes de ménage de l'hôtel nous accompagnent, le mari de l'une, le fiancé d'une autre. Elles ont préparé une énorme salade de lentilles et pois chiches. Du guacamole. Les hommes ont apporté quelques bouteilles de nebbiolo. Et Arginaldo son ballon mille fois recousu. La plage est magnifique. Immense. Dix-sept kilomètres de long. Une route cabossée pour y parvenir. Pour décourager les touristes. Un seul petit hôtel, toujours à moitié vide. Et un centre de protection de tortues marines ; ces mères qui abandonnent leurs petits.

L'océan est plus tumultueux ici, et la force du vent fait la joie des intrépides, sur leurs planches. Certains s'envolent, dit-on, ne redescendent jamais. D'autres sont avalés. Puis recrachés des semaines plus tard, dans le minuscule port de Tehuamixtle, à quelques kilomètres de là, désarticulés, obèses. L'océan défigure ceux qui veulent l'apprivoiser et menace les autres.

Pendant que nous jouons au football à quatre, Pascual reste assis auprès des femmes. Il les fait rire. Arginaldo s'en donne à cœur joie. Il passe une journée merveilleuse. Comme nous tous.

Après le repas, le vin nous assoupit. Pascual ronfle, la tête posée sur la poitrine de la troisième femme de ménage, Dominga ; une veuve, dont il rêve qu'elle sera sa huit cent soixante-quatorzième conquête. Il veut toutes les rendre heureuses à cause d'une faute qu'il a un jour commise sur l'une d'entre elles. Dominga lui caresse doucement les cheveux, comme une sœur aînée. Les fiancés se sont éloignés vers une petite crique, en rougissant. Arginaldo fait des combinaisons avec son ballon. Poitrine-genou-tête. Tête-pied-genou. Je somnole.

Je nous revois avec Anna, enfants, au lac du Lauvitel, à Bourg-d'Oisans, avant tout ça.

Avant de croire que rien de beau ne pourrait plus arriver. Avant ce terrifiant moment où je n'avais plus eu de forces, où je m'allongeais parfois par terre, n'importe où, pour pleurer, pour être emporté.

Puis je me lève.

J'entre dans l'océan chaud. J'avance dans les couleurs fascinantes. Tous les bleus sont là. Turquoise. Azurin. Bondi. Maya. Aigue-marine. Tiffany. J'avance. L'eau est arrivée à mes genoux. Soudain, j'ai l'impression de m'enfoncer et je m'enfonce. Le rouleau de bord arrive, puissant, me fait basculer en arrière tandis que le ressac m'aspire vers le fond. Les minuscules cailloux griffent mon dos. Je suis prisonnier de l'eau trouble. Je dégage mes pieds de la chape de sable. Mon corps est alors aussi léger, aussi incontrôlable qu'un volant de badminton. Il tourbillonne. Je suis incapable de savoir où est la surface de l'eau. De quel côté le ciel. Un instant ma tête se retrouve à l'air libre, le temps de voir le visage d'Arginaldo. Ses gestes affolés. Je n'entends pas ses hurlements. Je suis à nouveau aspiré. Battu. Cogné. Je pousse un cri, que l'océan noie aussitôt. Je frappe des mains, des pieds. Je suis une petite tortue. Je dois survivre. Je vais vers la lumière. La surface. Je suis rejeté. Dégueulé. Mon front s'ouvre sur l'arête d'une pierre. Arginaldo tire mes bras pour me sortir de l'eau. Il n'a pas assez de forces. Il hurle, pleure, bave. Pascual se précipite. Je suis enfin sur la plage. Le gamin est à quatre pattes à côté de moi. Il prend mon visage dans ses mains, il tremble. T'avais dit que tu restais ! T'avais dit que tu restais ! Je lui souris. Je caresse son visage terrifié. J'efface ses larmes d'argent.

Je suis là, Arginaldo. Je reste avec toi.

Je me suis battu. J'ai choisi la vie.

3

Lorsque nous sommes rentrés à El Tuito, Arginaldo a insisté pour que je vienne chez lui. Ma sœur, elle a été un peu infirmière. Elle va soigner ton front. Une fois, elle a recousu mon genou et j'ai pas eu mal.

Matilda m'a fait asseoir dans la cuisine, pour ramollir les croûtes de sang séché avec de l'eau chaude, pendant que le petit footballeur lui racontait le sauvetage, mon combat contre l'océan, ma victoire. *El loco*, tu l'aurais vu, on aurait dit Erik Morales[1]. Puis – maintenant que j'étais sauf –, il a mimé ses plongeons sur le sable. Ses dégagements loin du but. Ses extensions en lucarne. Ses blocages de ballon. La vaisselle sur la table a failli valser plusieurs fois. Sa sœur souriait. Son sourire était beau. Ses yeux noirs ont croisé les miens, sans s'y attarder. Elle a désinfecté la plaie, l'a examinée. Puis sa voix, enfin : trois points si vous voulez rester *guapo*. Un seul si vous

---

1. Boxeur mexicain, champion du monde des super-coqs (1997-2000), des poids plumes (2001-2003) et super-plumes (2004).

voulez être *golfo*. Arginaldo a éclaté de rire. Fais trois points *el loco*, elle déteste les *golfos ! Golfo*, voyou. *Guapo*, beau.

Ses mains n'ont pas tremblé. Moi non plus. Ni lorsque l'aiguille a percé ma peau, lorsque le fil l'a tendue, ni lorsqu'elle m'a regardé, plus longtemps cette fois, et qu'elle a annoncé : c'est terminé. C'est terminé, et je voudrais vous remercier de tout ce que vous faites pour mon frère. Il a retrouvé le rire avec vous. Ça me ferait plaisir que vous restiez dîner avec nous. Arginaldo a alors exécuté ce petit saut, le même que Léon. Un petit bond de victoire.

Je profitai du temps dont elle avait besoin pour la cuisine et retournai à ma chambre. Doucher ma peau salée, éraflée. Échanger mon T-shirt contre une chemise blanche – Arginaldo se fichera de moi : on dirait que tu vas à l'église.

Et lorsque je suis parti acheter un cadeau pour elle, au moment de le choisir entre cent, mon cœur s'est emballé. Il n'y avait pourtant rien entre nous. Aucune ambiguïté. Je ne l'avais aperçue que deux fois. J'avais été frappé par son regard noir, dur et mystérieux à la fois. Dans son expression douce et triste, il y avait de la résignation. Une distance. Une beauté qui se refusait à affleurer, à se livrer.

Avait-elle ses fauves, elle aussi ?

Le petit goal m'a pris dans ses bras, puis embrassé, hystérique, lorsqu'en arrivant je lui ai lancé un ballon tout neuf. Presque le même que celui de Ronaldinho. Matilda a baissé les yeux et le sang est monté à ses joues quand je lui ai offert un bracelet en perles de rocaille tissées, rose et noir, choisi entre cent. Et tandis que je l'aidais à l'attacher à son poignet, mes doigts tremblaient. Vous feriez un mauvais infirmier, a-t-elle dit en riant. Son rire me rassurait. Le mien s'est joint au sien. Il m'a semblé que quelque chose s'échappait alors de moi. Définitivement. Une vieille peau. Une vieille odeur. Je n'avais connu aucune autre femme après Nathalie. Juste le dégoût.

Pendant mes trois années de sangles, attaché hors du monde, je m'étais accroché à la sublime tristesse de la journaliste. Une bouée de beauté. Elle m'avait permis de survivre, de supporter le blanc, le froid, l'acier, les grillages. Les liquides argentés dans les tuyaux. J'avais imaginé l'amener ici. Ou ailleurs. Chaque jour, pendant trois ans, je nous avais rêvé une vie nouvelle. Pour éloigner sa tristesse, éloigner mon chagrin. Dans mes fièvres, j'entendais parfois des éclats de rire. Parfois nos peaux s'y touchaient, ses lèvres y frôlaient mon oreille, prononçaient des mots de vertige et de passion. Mais il faut que l'autre ait envie d'être rêvé pour que les choses aient une chance d'arriver. Elle m'avait raccroché au nez, et je n'avais pas été triste. Son silence m'avait réveillé.

Vous avez un beau rire, me dit Matilda, il donne envie de rire avec vous.

Et j'ai eu envie de pleurer. Tout est devenu si simple. Si vrai. Je garde son poignet dans ma main un instant. Elle ne le retire pas tout de suite. Elle contemple son bracelet. Il est très beau. Ces couleurs sont rares par ici, vous savez. On voit davantage de rouge, de jaune, d'orange.

Je.

Son poignet s'envole, léger, élégant, pour remettre une mèche de cheveux.

Je.

Je crois que nous devrions passer à table, murmure-t-elle. Ses yeux noirs évitent les miens. Passons à table, je vous en prie. Arginaldo ! Sa bouche esquisse une moue ravissante. Un ravissement d'à peine un dixième de seconde, suffisant toutefois pour que j'y découvre son immense beauté. Cette lumière qu'elle éteignait au monde depuis plus de huit ans.

Le *pozole blanco* avait été parfait. Un ragoût de porc et maïs cacahuazintle, un maïs blanc dont les grains s'ouvrent en corolle à la cuisson et forment des fleurs dans l'assiette. Arginaldo nous avait fait rire en imitant Jared Borgetti, le buteur aux quarante-six buts en sélection nationale. Il nous avait émus avec ses histoires d'école. Matilda n'avait plus repoussé sa mèche. Parfois, elle jetait un coup d'œil au bracelet que je lui avais offert. Nos regards ne se croisaient pas – à cause de la présence de son petit frère, je suppose. À son tour, elle avait raconté des anecdotes à propos de son travail au centre de Santé. Ce mariachi, complètement *borracho,* qui s'était enfoncé l'archet de son violon dans l'œil. C'était horrible. Arginaldo était hilare. Il avait mimé l'ivrogne, singé un zombie. C'était horrible. Ce n'est pas bien de rire, Arginaldo, pas très chrétien. Et nos rires avaient redoublé. Ils avaient la chaleur des feux. Les flammes piquaient nos yeux. Puis était venue, pour Arginaldo, l'heure d'aller au lit. Il avait alors pris ma main, puis m'avait entraîné dans sa chambre. Raconte-moi une histoire, *el loco*. S'il te plaît. Ma sœur, elle raconte toujours les mêmes.

Assis à côté de lui, sur le lit, je lui avais raconté celles que je lisais à Joséphine et à Léon. Des enfants qui venaient à bout de monstres. Des maléfices. Qui décrochaient les étoiles. L'histoire de celui qui avait ramené le soleil. L'histoire de la femme changée en renard. Des sept frères perdus. Les tribulations d'une ligne droite.

Dans l'ombre, Matilda écoutait. J'aimais cet instant très doux. Nous n'avions pas de passé. Pas de futur. Juste l'étourdissement d'un instant de grâce. Qui ne demandait rien. N'attendait rien.

Matilda m'a raccompagné au seuil de sa maison. Dans moins de quatre heures, la camionnette passera pour m'emmener au *Desconocido*. Nous faisons quelques pas dehors, dans la nuit tiède. Les minuscules pierres de rocaille brillent à son poignet. Nous sommes restés silencieux. Il m'a semblé que nous réglions nos foulées l'une sur l'autre, cela nous a fait rire. Deux petits rires étouffés, par le poids de l'obscurité.

Un langage déjà.

Au bout de la rue, nous nous séparons. Je plonge le vert de mes yeux dans la nuit des siens. Et ce qui devait être dit est dit.

16 h 30

— Il y a eu la période Pôle emploi, le cauche-
mar. Kafka. Ils ne comprenaient rien. N'écoutaient
pas. Ils se protégeaient derrière leurs petits bureaux,
petits écrans. Leur petite fierté à avoir un travail, à
se croire importants. Leur salaire, c'est nos impôts.
Leur retraite, notre ruine. Ils l'oublient. Aucune
compassion, aucune tendresse. Zéro tact. J'en ai vu
interrompre un entretien parce qu'il était l'heure de
partir. À 16 h 30 putain, 16 h 30, l'heure du goûter. Des gens pleuraient leur vie qui s'effondrait
et eux s'en allaient goûter. Revenez demain, on
ouvre à 8 h 30. Pile à l'heure où on met les mômes
à l'école. Comme ça, quand on arrive, on a quatre
heures de queue. La guerre des nerfs. Ils me proposaient n'importe quoi. Carrossier-peintre. Soudeur.
Acousticien. On n'a que ça. La branche automobile
c'est la fin. On a tellement racketté les gens avec
les bagnoles que maintenant ils marchent. Essayez
de vendre des chaussures, ou des vélos, faites des
formations. Lâchez-nous avec votre petite misère.
On a mille chômeurs de plus chaque jour dans ce

pays. Alors, vous ou un autre. Vous pouvez gueuler. Qu'est-ce que vous voulez qu'on fasse. Vous voulez ma place, c'est ça ? Vous voulez mon job ? Allez, allez ! Dégagez ou j'appelle le vigile. Vous me donnez envie de gerber. Il manquait toujours une pièce à mon dossier. Vingt fois, ils m'ont demandé mes fiches de paie sur un an. Sur cinq ans. Une attestation que je leur avais déjà envoyée trois fois, perdue trois fois. On a changé de logiciel. On est désolés. Mon cul. C'est pour vous écœurer, vous faire craquer. Ça fait un chômeur de moins. La courbe s'inverse. Le mensonge gagne. J'attendais le paiement de mes indemnités. Huit mois déjà, sans être payé. Imaginez, Nathalie qui gueulait, tout son salaire y passait, tout partait en couille. Mais il n'y avait pas que ça. Elle avait quelqu'un à Paris à cette période. Elle dormait au Terminus Nord. J'étais seul. La baby-sitter avec les enfants. Il y avait mes nuits sans sommeil. Le vin. Le cancer de mon père. Les plombiers obèses. Toutes ces humiliations. C'est à ce moment-là que j'ai eu envie de buter ce monde que je n'aimais plus, qui ne m'aimait plus. Mais même ça, j'en étais incapable. Alors j'ai décidé que ma lâcheté, mes désillusions et mes faiblesses, tout s'arrêterait avec moi. Que je ne transmettrais plus. Je voulais assécher la source.

— C'est ce qui a été le déclencheur pour vous ?

— Quand votre vie privée est foutue, quand votre famille s'est délitée et que votre vie sociale est en train de disparaître, vous savez que vous entrez dans le noir. L'indiscutable. Celui où on ne vous retrouve plus. Alors, oui. Peut-être que ça a été le déclencheur.

El loco avait disparu. En moins de deux ans, je suis devenu *el mago*. Le magicien.

Les infortunés, les malheureux, les endettés confiaient à Pascual et à mes doigts d'or leurs voitures, pick-up et autres camionnettes, pour une révision *especial*. Et, dans les jours qui suivaient, les airbags se déclenchaient mystérieusement. Sur une route droite, à un feu rouge. Ou simplement en mettant le contact. Certains automobilistes souffraient de brûlures légères aux avant-bras. La détonation entraînait parfois des petites lésions aux tympans. Les assurances, et les constructeurs, qui voulaient à tout prix éviter le scandale, payaient sans discuter.

Une femme de Mascota a obtenu plus de cent cinquante mille pesos : elle avait été blessée à la joue, sous ses lunettes. Le salaud changeait de camp. En modifiant légèrement la composition du perchlorate, le gaz qui gonfle les airbags, je faisais payer les hyènes. Je vengeais les femmes enceintes abandonnées. Les Grzeskowiak amoureux des Yvette. Les minuscules du monde. Je me lavais de mes criminels. Les plombiers voleurs. Les taxis filous. Les femmes aimées qui vous trompaient. Un père qui vous abandonnait à son mal pour s'abandonner à un autre ; tout aussi mortel. Cette part de vous dont vous ne guérissiez pas.

Les *víctimas* nous reversent, à Pascual et moi, un petit pourcentage sur les indemnités versées par les assurances. Je continue cependant mon travail de ménage au *Desconocido*, il est mon lien avec les mains de ma mère, ces mains qui ne m'ont pas assez touché.

J'ai acheté une Coccinelle de 1986 (sans airbag), en parfait état et, le dimanche, j'emmène Matilda en promenade, le long de la route 200. Nous roulons sans but. Son bras pend au-dehors. Ses doigts caressent le vent chaud. Et parfois, sans raison, elle rit. Et parfois, elle pleure.

Alors j'ai froid.

Anna était venue. Nous nous étions rencontrés dans la salle des visites, en présence d'un gardien. Ses yeux s'étaient embués lorsqu'elle avait vu ma pâleur, ma maigreur, mes cernes, comme des ecchymoses après de méchants coups de poing. *Oh Dieu, qu'est qu'ils fait.* Oh mon Dieu, qu'est-ce qu'ils t'ont fait ? J'avais caressé son visage. Sa douceur et sa chaleur avaient pénétré ma main. C'était la première fois que je touchais un être humain depuis près d'un an. Une peau de femme. Mes doigts avaient suivi ses pommettes, glissé sur sa joue, pour s'arrêter à sa bouche et entrouvrir ses lèvres. Elles étaient humides. Anna avait fermé les yeux, incliné le visage. Elle avait murmuré ses morceaux de mots. Elle était belle et désespérée dans le cadeau qu'elle me faisait soudain. Mon geste cru, obscène, qui me raccrochait à la vie. Mes doigts s'étaient enfoncés. Je m'étais mis à pleurer.

Ensuite, elle m'avait parlé d'eux. Notre père souffrait atrocement. Il restait allongé la plupart du temps. Morphine. Vomissements. Le sac à merde, collé à la hanche. La honte. On le nourrissait à l'aide d'une perfusion. Ses larmes ne cessaient de couler. Sa femme le massait, pour éviter les escarres. Des petits mouvements misérables, inconsolables. Ultimes gestes de tendresse. Il ne parlait presque plus, les mots s'étaient enfuis devant le bruit assourdissant de mon coup de feu. Cette nuit-là, il avait contemplé, impuissant et muet, la terreur de son petit-fils. Il faut avoir du courage, tellement d'amour, pour sauver l'autre. Ni à Léon ni à moi, il n'avait fait l'aumône de ces quelques phrases qui permettent de renaître. Le tremblement de la bouche de la femme de mon père avait maintenant gagné le reste de son corps. Elle ressemblait à un papier pris dans le vent, emporté dans un dernier souffle. On n'avait plus jamais parlé de mon coup de folie, de ma noirceur animale. Le silence ignore les choses, s'efforce de les faire disparaître. Anna leur rendait visite régulièrement. Le temps passait, sentait mauvais. La malemort s'était invitée.

Nathalie et les enfants étaient partis vivre à Lyon. Avec le tatoué. Ils formaient une nouvelle famille. On les saluait dans le quartier. On les trouvait beaux, malgré cette vilaine joue. On ne savait rien d'eux, rien des épouvantes. Ils habitaient un grand appartement près du parc de la Tête-d'Or. Nathalie avait un gros poste, une voiture de fonction. Léon était suivi. Ses cauchemars s'espaçaient, il s'oubliait moins au lit. La première greffe de peau sur le visage de Joséphine était encourageante. On en prévoyait au moins deux autres. La rééducation fonctionnait ; c'était long, mais le langage revenait. Les mots ne restaient plus coincés dans la blessure, ne tombaient plus dans l'abîme creusé par mon immense chagrin ; à part *papa*, qui y disparut tout à fait. Mes enfants ne voulaient plus me voir. Plus jamais. Ils avaient demandé à être défaits de mon nom, déliés de moi. Ils avaient brûlé les photographies, les souvenirs. Ils m'avaient effacé. Ils m'avaient tué.

Puis, dans la fin de l'après-midi, alors qu'elle se tenait près de la porte que le gardien s'apprêtait à ouvrir, Anna s'était immobilisée et s'était tournée vers moi.

Joséphine pose cesse question. il choisi tirer moi premier. Joséphine me pose sans cesse une question, Antoine. Pourquoi il a choisi de tirer sur moi en premier ?

1 000

Je me souviens de la première fois où notre père nous avait envoyés en colonie, Anna et moi. Il s'était chargé de faire nos valises et il avait oublié de mettre un pantalon de rechange dans la mienne.

Le deuxième matin, au petit déjeuner, on m'avait bousculé accidentellement. Et mon bol de chocolat brûlant s'était renversé, avait coulé sur mon pantalon, dessinant une tache sombre, honteuse, à l'endroit de mon sexe. Comme la pisse de mon père, aujourd'hui. Les enfants s'étaient moqués. Leurs mots avaient été cruels, cinglants. Mes larmes avaient encouragé leur férocité. Et devant les désespérés *le ! le !* d'Anna (pour « laissez-le ! laissez-le ! »), leurs rires avaient redoublé.

Je me souviens quand mon père m'avait envoyé acheter des culottes pour ma sœur. Il n'osait pas le faire lui-même. Il détournait toujours le visage lorsqu'il passait devant la vitrine d'un magasin de lingerie. Surtout celui de Mme Christiane, rue Alsace-Lorraine.

Il ne nous tenait jamais la main dans la rue.

Il ne parlait jamais d'Anne.

Il ne s'allongeait jamais sur notre lit, le soir, pour nous raconter des histoires. Il n'inventait jamais d'histoires. Parfois, il achetait un livre, qu'il ne nous lisait jamais. Je me souviens d'*Hansel et Gretel*. Je l'ai lu mille fois à Anna. L'acide de ma salive avait grignoté les coins des pages. Elles puaient. Mais c'était notre histoire, notre livre. Chaque fois, ma sœur tirait la couverture jusqu'à son nez. Chaque fois, elle tremblait.

Il ne regardait jamais les photos de notre mère en pleurant. Il buvait de la bière le soir jusqu'à ce que sa tête tombe dans son assiette.

Il ne connaissait pas le nom des arbres, des fleurs, ni celui des oiseaux. Seulement ceux des formules chimiques. Des noms qui ne lient pas les hommes, ne font pas les conversations.

Il n'écoutait jamais de musique. Il ne nous a jamais appris à pleurer en écoutant Mahler. Il ne nous a jamais appris à pleurer tout court. À laisser s'exprimer nos douleurs.

Nos joies.

Nos colères.

Il ne s'est jamais allongé dans l'herbe pour regarder le ciel.

Il n'a jamais mangé un lombric. Jamais été piqué par une guêpe.

Il n'a jamais cassé la gueule de personne.

Il ne nous a jamais emmenés marcher sous la pluie.

Jamais de batailles de boules de neige.

Il ne nous a jamais accompagnés à la piscine, n'a jamais fait la bombe dans l'eau, ni joué à celui qui reste le plus longtemps sans respirer sous l'eau.

Il ne nous envoyait jamais de lettres lorsque nous étions en colonie. Il n'a jamais décroché son téléphone, plus tard, lorsque Nathalie m'a quitté.

Il oubliait toujours la fête de l'école.

Il n'a jamais couru derrière un ballon avec moi. Une balle de tennis, une balle de ping-pong.

Derrière un rêve.

Une plume qui volait.

Il allait toujours acheter des têtes-de-nègre, le dimanche, chez Montois.

Il se trompait toujours dans les dates de nos anniversaires. Il avait offert deux fois le même cadeau à Anna.

Il n'a jamais rien offert à mes enfants. C'était sa femme.

Il ne nous parlait jamais de ses parents. De la guerre en Algérie. De ses peurs d'homme. De ses rêves. De sa vie avant nous. Avant tout ça.

Un jour, il m'avait emmené voir *Papillon* au Palace, et lorsqu'on avait guillotiné un bagnard, il avait plaqué ses mains sur mes yeux. Nous ne sommes plus jamais allés au cinéma ensemble.

Il ne m'a jamais appris à me raser.

Il ne m'a jamais parlé du ventre, du cœur et du sexe des filles.

De la violence des hommes.

Il ne m'a jamais dit que j'étais beau. Laid. Grand. Petit. Gros. Maigre.

N'a jamais raconté une histoire drôle.

Il pensait que le paradis existait peut-être.

Il disait qu'il aimait les chansons de Serge Reggiani. Il n'est jamais allé le voir en concert. Et Serge Reggiani est mort.

Un jour, je lui ai demandé de m'apprendre à pêcher. Nous avions des étangs poissonneux à Masnières, à quelques kilomètres de chez nous. Truites, gardons, goujons. Il a poussé un soupir. Il y a deux poissonneries en ville, m'a-t-il dit. Mais papa, ai-je insisté, on va y aller avec l'école dans deux semaines, je n'ai jamais pêché, je vais encore me taper la honte.

Ce n'est pas ça la honte, Antoine.

J'ai explosé. J'ai crié. La honte, c'est toi, c'est toi ! J'entends encore ma voix fluette, tremblante, un moineau, *c'est toi ! c'est toi !,* s'écorcher aux murs de notre cuisine. J'ai crié plus fort encore. J'aurais préféré que ce soit toi qui partes !

Ses mains ont alors caché son visage. Ses épaules se sont affaissées doucement. Sa spécialité. J'ai alors eu terriblement honte de lui, et je me suis juré de n'être jamais un père comme lui.

Je fus pire.

Le tir était d'une grande violence. Le ballon a déchiré l'air en sifflant. Les spectateurs se sont tus. Le petit gardien de but s'est figé, comme fasciné. Il a réagi un quart de seconde trop tard. Le ballon s'est écrasé sur son visage, avec la force d'un boulet de canon. Son corps fragile est tombé en arrière. Il y a eu des cris. Quelques cris de joie ont fusé, de l'autre côté du terrain, lorsque le ballon et le corps de l'enfant sont entrés dans les buts. L'arbitre a soufflé de toutes ses forces. Comme si son sifflet avait le pouvoir de retenir les corps, d'empêcher la chute.

Puis des gens ont accouru. Parmi eux, un infirmier du centre de Santé. L'enfant avait le nez cassé, une incisive brinquebalante. Il est resté quelques instants au sol, groggy. Lorsqu'on a voulu le transporter, il a refusé. Il tenait à se relever, à marcher. Une fois debout, le visage sanglant, il a levé haut ses deux bras, pour former un grand V. Tous ont applaudi.

Ce but encaissé amenait le score à un partout. Il restait encore trente minutes à jouer. Une grande confusion régnait parce que l'équipe n'avait pas de gardien remplaçant et que la règle veut que le match se poursuive.

La discussion était très animée au sein de l'équipe mutilée. Personne ne se proposait pour garder les buts. Jouez sans gardien, leur a suggéré l'arbitre. Soyez des *magnificos*. Je vous laisse encore deux minutes et je relance le match. Sinon, c'est *retirarse*. Forfait.

J'ai alors quitté mon banc de spectateur et me suis approché des petits joueurs pour leur faire une proposition. Ils ont haussé les épaules. Deux d'entre eux ont ricané.

Pas lui. Pas la passoire. On va se prendre 10-1.

Alors ? a demandé l'arbitre.

Bon d'accord. Mais si on perd, jurez que vous nous achèterez des nouvelles chaussures.

À tous, c'est promis.

Et Arginaldo est entré sur le terrain sous les huées. Le match a repris. Les yeux noirs de Matilda se sont posés sur les miens, puis sur mes lèvres. Ses doigts ont effleuré mes doigts. Leur douceur disait merci. Leur légèreté de papillon traduisait ses peurs et son soulagement.

Sur le terrain, l'équipe de son frère a redoublé d'efforts pour empêcher leurs adversaires de trop s'approcher de la cage du *colador*, la passoire. Une tactique agressive qui se révéla être la bonne. À six minutes de la fin – Arginaldo n'avait toujours pas touché le ballon –, ils marquaient un deuxième but. Ils ne relâchèrent pas leur effort pour autant. Seulement voilà : un joueur de l'autre équipe, une anguille, un Maradona des années d'or s'est emparé du ballon, a dribblé comme un diable puis couru vers le but défendu par Arginaldo. Il n'y avait plus qu'un seul défenseur entre le ballon et la passoire. Celui-ci a alors fait un croche-patte à l'attaquant. Dans les dix-huit mètres.

Pénalty.

On a fait la fête jusque tard dans la nuit. Les
hommes ont bu beaucoup de *raicilla*, de l'agave
fermenté. Un alcool sournois qui faisait s'effondrer
même les plus solides. On a improvisé des tables,
apporté des salades. On a fait griller du poulet, préparé des *fajitas*. Les musiciens affolaient les cordes
de leurs guitares, de leurs violons. Les femmes dansaient, les chants incisaient la nuit, les chairs s'échauf-
faient. Matilda riait, ses yeux noirs brillaient. Un feu
sombre. Mystérieux. Un homme l'a invitée pour une
quebradita. Son rire s'est aussitôt éteint, son corps
s'est contracté, comme devant une brûlure. Elle
a refusé. Lorsque nos regards se sont croisés, elle
a baissé les yeux. Je me suis approché d'elle. J'ai osé.
Enfin. Ne vous inquiétez pas, je ne sais pas danser.
Elle a éclaté de rire. C'est bien ce que vous faites
avec Arginaldo. Regardez-le, comme il est heureux,
comme il est vivant.

Plus loin, à une vingtaine de mètres, la petite
équipe de foot, hystérique, entourait le garçon, l'applaudissait, le fêtait, tandis qu'il refaisait, pour la

énième fois cette nuit, le plongeon qui avait bloqué le ballon, sauvé le but, arraché la victoire. J'ai fait comme m'a dit *el mago*, disait-il. Regarde le regard, c'est la direction du ballon. Il a regardé à droite et j'ai plongé à gauche.

Après cet arrêt triomphal, les gamins s'étaient précipités vers la passoire, l'avaient arraché à sa cage, l'avaient porté à bout de bras, à la manière d'un trophée, et l'arbitre avait sifflé la fin du match. Plus de trois ans après nos premiers entraînements dans une ruelle, Arginaldo était en train de devenir l'un des meilleurs gardiens de but du monde.

À l'instant où son frère avait bloqué le ballon, la main de Matilda avait broyé la mienne. Elle ne voulait pas pleurer. Le bonheur est une telle ivresse, une telle violence qu'il emporte tout. Les pudeurs. Les peurs. Il peut être si douloureux, il peut faire vaciller, anéantir. Exactement comme le malheur. Mais on ne le dit jamais de crainte que le monde se méfie du bonheur. Parce que alors tout s'écroulerait. Parce que nous deviendrions tous des fauves qui se dévoreraient les uns les autres.

Plus tard, épuisé, poussiéreux, courbatu, Arginaldo nous a rejoints, il nous a sauté dessus. Ses petits bras nous ont rassemblés, faisant de nous un seul corps, pour un instant.

Et j'ai compris, enfin, ce qui m'avait manqué depuis le commencement.

L'aube s'est levée. Elle a éclairé les coins d'ombre où des hommes emmêlés dormaient, abrutis d'alcool et de rires. Le visage griffé parfois, par le refus des femmes. Des corps échoués, jusque sous les arcades du Rosita. Pour la première fois depuis seize ans, l'équipe des *niños* d'El Tuito avait battu celle de Las Juntas ; elle était repartie en pleurs, juste après le match. Les vaincus, âgés de huit à douze ans, allaient grandir avec le spectre de cette défaite. Avant de grimper à bord de l'autocar, celui qui avait regardé à droite juste avant de tirer le pénalty avait crié : mon père va me tuer, mon père va me tuer ! Alors Arginaldo lui avait offert son ballon, celui que je lui avais moi-même offert et qui lui avait porté chance. Et je m'étais senti fier. Comme un père.

Il faisait jour, et comme Pascual et comme Dominga, qui ne lui avait toujours pas cédé, j'avais raté la camionnette pour le *Desconocido*. J'ai raccompagné Matilda et son frère jusqu'à chez eux. Arginaldo m'a appelé par mon prénom, pour la première fois. Antonio. Matilda m'a proposé d'entrer. J'ai dormi sur le canapé, enfoui sous les plumes. Noyé. Bienheureux.

Lorsque j'ai refait surface dans l'après-midi, Matilda était assise, elle me regardait.

Et nous n'avions plus peur.

9

Quelques semaines plus tard, Arginaldo et sa sœur m'ont proposé de venir m'installer chez eux. Accepte, Antonio. Dis oui. Pour la même somme (dix pesos) que pour ma précédente chambre, ils m'en proposaient une tout aussi minuscule. Mais avec une cuisine juste à côté. Un salon (avec la télévision) à quelques pas. Une terrasse (en fait, une chaise avec petit coussin devant la maison). Des repas en commun. Des rires. Accepte, Antonio. Dis oui. Des histoires, le soir. Des entraînements de foot dans la rue. Vous nous apprendrez le français, Antonio. Je vous apprendrai la cuisine. L'hiver, il fait froid, nous ferons du feu. Et puis si vous êtes blessé, je pourrai vous recoudre. Et je compris qu'en recousant mon cœur elle recousait le sien, et celui de son frère. Matilda voulait nous lier. Nous relier. Nous rendre plus forts.

Un matin, alors que nous étions en route pour le *Desconocido*, j'ai demandé à Pascual pourquoi Matilda ne s'était jamais mariée. Il a levé les yeux au ciel et lâché un seul mot, comme un crachat : *Fieras*.

Les fauves.

Une nuit. Un peu plus de neuf ans auparavant. La *niña* étudiait pour être infirmière. Parfois le soir, elle venait aider au centre de Santé. Ils sont arrivés à deux. Blessés à la tête, à coups de tessons de bouteilles. Une bagarre d'été. Une danse d'ivrognes. Dans la salle de soins, le premier l'a tenue. Puis le second. Personne ne l'a entendue crier parce qu'elle n'a pas crié. Quand ça a été fini, elle était rouge du sang de leurs blessures. Elle a arraché sa peau, frotté le poison de leur salive. Le sperme salé. Le vocabulaire poisseux. Le gras de leurs doigts. Et elle est rentrée chez elle. Elle a arrêté les études, arrêté de vouloir aider les autres, d'espérer les sauver. Elle a laissé sa fraîcheur s'envoler, son rire partir. Elle avait un beau rire, Antonio, un très beau rire. Puis elle est retournée un temps à Puerto Vallarta, dans sa famille. Quand elle est revenue ici avec le petit, elle a prétendu que c'était son frère, que leur mère était morte. On l'a crue. C'est tout. Comment tu connais cette histoire, Pascual ? J'y étais, cette nuit-là. Mais j'ai eu peur. Je me suis caché. Ne me juge pas, Antonio. Tu t'es caché, toi aussi. Toi aussi, tu as eu peur. La peur, je l'ai vue dans tes yeux. Tu as beau les avoir lavés mille fois depuis que tu es ici, j'en vois toujours la trace. J'ai eu les mêmes frayeurs que toi. J'ai voulu me cacher, m'enfouir dans le ventre des femmes. J'ai voulu les rendre heureuses. Toutes. Pour une que j'avais abandonnée. Toi, ta cachette, c'est le silence.

Mais le silence, Antonio, ça fait comme les balles d'un revolver. Ça ne se tait pas, ça ne s'arrête jamais.

Alors à mon tour, je lui ai tout raconté ; mes démons, mes bêtes. Et ma main est venue à la rencontre de la sienne, contre sa peau chaude, épaisse, craquelée, qui rendait les femmes folles. Une main d'homme, de père. Immense. Les uns après les autres, les mots sont venus : les prénoms de mes enfants, la lâcheté de mon père, la fuite de ma mère, sa toux terrifiante, la nuit éternelle d'Anne, le fracas de mes coups sur les murs de mon enfance, le rire de Nathalie lorsqu'elle rentrait à l'aube, imprégnée des odeurs de l'autre, le bruit du goûter des employés de Pôle emploi… Et tous les mots se sont envolés pour disparaître dans la poussière, comme un vent mauvais, et rejoindre *Mictlán*, le royaume des morts.

Pascual m'a serré contre lui. J'ai senti son souffle acide. Une pomme fermentée. Il faut être deux blessés pour se rencontrer, a-t-il murmuré, être deux errances, deux âmes perdues. Si l'une est forte, elle écrase l'autre, elle finit par l'achever.

Vous deux, vous allez vous sauver.

150 000 (SUITE)

Un nouvel hiver est arrivé. Sept ans déjà, depuis la nuit du fauve. Mes enfants ont grandi sans moi, comme moi sans ma mère. De travers. Nathalie avait peut-être quitté son tatoué. Elle lui avait peut-être fait un enfant. Elle s'était peut-être débarrassée d'autres hommes, d'un autre bébé – ainsi qu'elle l'avait fait dans notre temps à nous.

Il ne reste de ceux qui nous manquent que le manque justement que nous avons d'eux. Dans ma mémoire, les visages de Joséphine et Léon se brouillaient, comme s'était dilué celui d'Anne. Seules demeuraient des images, parfois menteuses, créées par ma terreur à l'idée d'être tout à fait abandonné, tout à fait seul, sans souvenirs. Un rire qui n'existait pas, par exemple, et que j'entends encore, dans un jardin. La couleur rouge d'un petit manteau bleu. Un éclat de lumière dans la blondeur, un jour sans soleil. La couleur des yeux d'un père. Ces petites touches impressionnistes qui font l'album de nos peines.

J'avais été tenté, une fois, de demander à ma sœur de m'envoyer quelques photographies. Quelques nouvelles. Et puis, non.

Je n'avais jamais parlé d'eux ici. Sauf à Pascual.

Ici, j'ai appris à me défaire lentement de mes morts. Ici, le temps m'a réparé.

Un matin, une Chevrolet Astra poussiéreuse, cabossée, s'est arrêtée devant notre atelier. Quand il a reconnu la conductrice, Pascual a aussitôt craint des ennuis. Mais le large sourire de celle qui s'extirpait de la petite auto nous a très vite rassurés. Epifania Florès Alonso. Elle arrivait de Mescato. Elle avait gardé une très discrète cicatrice sur la pommette gauche, là où le verre des lunettes s'était brisé à cause de l'airbag. Depuis que l'assurance lui avait versé plus de cent cinquante mille pesos, son mari avait des rêves, avec son argent à elle, mais sans elle. Aussi j'aimerais savoir si vous pouviez, avec vos doigts d'or, señor Antonio, faire quelque chose à son rasoir électrique, que ça lui coupe la gorge quand il se rase, la grosse veine du cou, là, que le sang se vide une bonne fois comme un *chancho*. Cochon. Je vous donnerai de l'argent. Alors Pascual l'a prise dans ses bras qui en avaient fait danser huit cent soixante-treize – sans compter Dominga qui faisait sa délicate. Il lui a chuchoté à l'oreille des mots que d'habitude l'on chante, une ancienne ballade de mariachis, où il était question d'un homme fou, en colère, qui avait tué sa belle de trois balles et le cœur de la belle saignait et pleurait et le cœur lui avait demandé :

pourquoi tu ne t'es pas sauvée, pourquoi, pourquoi Epifania, il n'y a pas d'amour là où est la colère. Et Epifania Florès Alonso a senti son cœur revivre, a essuyé la larme qui cheminait doucement le long de sa cicatrice. J'ai compris, Pascual, a-t-elle dit en reniflant, tu m'as ouvert les yeux. *Gracias. Gracias.* Et vous, señor Antonio, gardez vos belles mains pour les belles choses.

— Je voudrais que nous parlions d'une chose que vous m'avez dite il y a plusieurs semaines, qui me semble très importante. (Il fouille dans ses notes. J'allume une cigarette. La première bouffée est toujours un délicieux petit vertige.) Ah, voilà. Vous étiez allé voir votre père, vous aviez regardé un film, *Chantons sous la pluie*, passé du temps avec lui, une façon de lui dire au revoir. Puis vous étiez passé chez votre sœur et son mari, là aussi pour la dernière fois, avant de tirer sur vos enfants, puis sur vous ; en tout cas, c'était votre intention. Et quand vous êtes partis, Anna vous a dit : Choisis le jour. J'aimerais que vous reveniez sur cette phrase.

— C'est drôle que vous me parliez de ça. Ces trois mots m'ont hanté longtemps. Vous savez que, depuis la mort d'Anne, ma sœur et moi avions une relation très fusionnelle. Avant l'arrivée de Thomas dans notre vie, j'étais le seul à comprendre ses demi-phrases. Nous nous sommes tenu la main pour traverser l'enfance, pour se protéger l'un l'autre des violences, de tous ces abandons. Et j'ai fini par penser qu'elle me connaissait mieux que moi-même. Elle avait forcément vu le fauve. Elle savait qu'il sortirait, qu'en sortant il me libérerait, il nous libérerait tous, et que je n'avais plus d'autre issue. J'avais déjà tout perdu. Ma femme, mon travail, la considération de mes enfants. J'ai cru qu'avec ces mots – choisis le jour – elle me donnait sa bénédiction, qu'elle me disait : vas-y, vas-y maintenant, choisis une date, fais ce que tu as à faire, je te comprends et je te pardonne, tu es mon frère, je t'aimerai toujours quoi que tu fasses.

— Et ?

— Ce n'était pas ça. (Je reste silencieux un bon moment. Je ne veux pas pleurer. Je pose ma respiration bas, très bas dans le ventre.) Ce n'était pas ça. *Choisis le jour*. Choisis la lumière, pas l'ombre des fauves. C'est ce qu'elle a voulu dire. Choisis autre chose. Va vers l'inconnu. La vie. (Une nouvelle cigarette. Mes mains tremblent.) C'est là que je veux aller désormais ; vers l'inconnu.

Plus tard, dans cet hiver, nous sommes retournés à Mayto. Il y a du vent. Les vagues sont hautes, violentes. Les surfeurs n'ont pas osé sortir. La plage est presque déserte. Quelques gamins, là-bas. Qui jouent avec des gourdins et des chiens. Je marche à côté de Matilda. De l'autre côté du monde. Les années ont creusé mon visage. Ridé mes yeux, mon front. Le soleil a noirci ma peau. Mes cheveux ont blanchi. Parfois, le soir, Matilda les caresse. Elle me regarde et sourit et c'est tout ; c'est une façon comme une autre de faire l'amour. Nous avons tout le temps. Rien ne presse plus. Je sais qu'elle sera la dernière.

Devant nous, Arginaldo dribble un ballon. Parfois, une rafale le pousse loin et le nouvel adolescent court en riant derrière lui comme Léon courait en riant derrière les pigeons pour les attraper. Ces salauds le laissaient toujours s'approcher, et lorsque ses petits bras se tendaient, les volatiles bondissaient d'un pas. À la dixième fois, mon fils s'était mis à les haïr, à courir derrière eux en leur donnant des coups de pied, puis de bâton, en leur lançant des cailloux.

Il y a quelques instants, nos doigts se sont effleurés. Ils n'ont pas cherché à s'enlacer. Et Matilda a souri. Cette moue rare, qui révèle son immense beauté. Les choses sont merveilleusement lentes. Elles n'ont pas l'impétuosité des rencontres en cabines. Elles ont la grâce des premières fois. Des dernières.

Il y a plus de sept ans que je n'ai pas fait l'amour, que je ne me suis pas perdu dans l'odeur d'une femme, que mon sexe n'a pas comblé. Seuls mes doigts se sont une fois égarés dans la bouche humide de ma sœur, à l'hôpital. Ils avaient fouillé son palais, brutalement, et sa langue avait léché, ses dents avaient mordu. Anna avait étouffé un cri. Mon doigt avait saigné. J'avais pleuré. Mon plaisir et ma honte. Sept ans qu'on ne m'a pas fait l'amour. Il me semble que mon corps est neuf, qu'il n'a plus de passé.

Je me suis installé chez Matilda et Arginaldo, dans la minuscule chambre à dix pesos, il y a plus d'un an maintenant. Lorsque je quitte à l'aube la maison à pas ridicules de *ladrón*, tel un héron idiot, pour rejoindre la camionnette qui nous emmène au *Desconocido*, ils dorment encore. Nous nous retrouvons dans l'après-midi. Je vais chercher Arginaldo au collège. Je l'entraîne au football. D'autres enfants nous ont rejoints. Il stoppe maintenant quatre-vingt-cinq pour cent des tirs. Ses faiblesses restent le lob et la lunette, à cause de sa petite taille. Il veut grandir vite et je lui conseille de prendre son temps, je lui rappelle que l'enfance est une chance. Un pays sans guerre. Je veux y croire pour lui, comme j'avais voulu y croire pour Joséphine et pour Léon, même si je sais que l'enfance peut aussi être un immense champ de ruines. Quand tu es petit, les étoiles sont plus éloignées et les rêves plus grands. Tu dois sauter pour attraper une pomme à un arbre, arracher quelques cerises. Tu as mille victoires.

Nous sommes assis tous les trois, face à l'océan. Nos épaules se touchent. Le vent nous décoiffe, les cheveux de Matilda fouettent mes joues. Son fils tient le ballon contre lui, comme un trésor. Un cœur qui bat. Sa mère caresse son visage. Il sourit. Il ne sait pas qu'elle est sa mère. Il ne connaît rien des tumultes, il ne connaît pas son histoire, qui est en train de s'écrire lentement, prudemment. J'apprends pour lui les gestes que je n'ai pas connus du temps de mes enfants. Tirer dans un ballon. M'allonger sur le sable pour regarder le ciel. Tenir une main. Apprendre le nom des fruits. Matilda me regarde, ses yeux noirs sont doux. Notre famille naît dans le silence. Dans la grâce. Dans la paix enfin. Le vent a apporté des nuages. Ils sont gris, lourds. Ils flottent là-bas, entre le ciel et l'eau. Et Arginaldo se tourne vers moi.

Pourquoi il pleut, Antonio ?

Le temps est passé. Alors le temps est venu[1].

---

1. Clémence Boulouque, *Je n'emporte rien du monde*.

TROISIÈME PARTIE

23/02

Je ne peux même pas crier. Je crierais des gros mots, sinon. Con. Débile tordu. Je me réveille de douleur. C'est horrible, la douleur. C'est de la méchanceté qui sert à rien. Ça fait deux mois, le chien. J'aime bien, *chien*. Ça sent mauvais, un chien, même le mot pue. C'est quand même dur de trouver un nom pour le père qui a voulu me tuer.

18/04

Ce matin, j'ai réussi à dire *on-our*. Pour une fille de onze ans, c'est quand même pas mal. Lol. Geneviève a applaudi. Elle s'occupe de ma rééducation à l'hôpital. Avant, rien que de dire *o* ou *a,* ça me faisait pleurer. Elle est super-gentille. Elle me réapprend à parler parce que les mots, quand je veux les dire, ils glissent en arrière, ils tombent dans la blessure, comme dans une crevasse. Quand je suis arrivée, elle m'a dit qu'un morceau de ma mâchoire était parti. J'ai dessiné un miroir. Elle a dit non. C'est trop tôt, Joséphine. Je dois avoir une figure horrible. Alors, j'ai écrit tuez-moi sur mon cahier. Tuez-moi ! J'ai ajouté au moins trente points d'exclamation pour que les infirmières voient bien mon message. Je crois qu'elles ne savent pas lire.

5/05

On a regardé un film avec Geneviève. *Le Scaphandre et le Papillon.* C'est Mathieu Amalric qui joue. L'histoire vraie d'un monsieur qui est enfermé dans lui-même. Il ne peut plus rien bouger de son corps, plus communiquer. Sa tête ne peut que remuer ses paupières. Et il écrit un livre tout entier, lettre par lettre, rien qu'en les remuant. L'infirmière lui montre les lettres. Un clignement c'est oui, deux c'est non. J'ai pensé que j'avais quand même de la chance. Malgré la merde du Chien.

Le docteur (celui que je n'aime pas) est venu. Il a enlevé les bandes qui cachaient ma tête de monstre. Une infirmière a aspergé mon visage pour décoller la gaze. Il a eu l'air content de la greffe. On avait déjà transplanté des bouts d'os. Maintenant c'est de la peau. Découpée sur mes fesses. Ça devait me faire comme un morceau de jambon sur la joue. J'ai écrit sur le carnet : horrible ? Il a eu un sourire débile. Ça prend bien, je suis content, avec le temps, ça s'arrangera, on ne verra presque plus rien, il a dit. Dommage que je ne puisse pas rire. On tire une balle dans la tête d'un enfant, on peut bien lui mentir.

C'était une idée de Geneviève, d'écrire. Elle disait que la douleur, c'est comme un corps étranger. On finit par fabriquer une coque, pour ne plus la sentir. Mais on ne peut pas guérir de ce qu'on ne sent pas.

Je n'ai pas tout écrit. Mais ne t'inquiète pas. Je vais remplir les vides.

*

Bien sûr, Léon a fini par avoir sa période con. Monsieur PAL. Un début d'ado. Tu as raté tout ça. Mais avant ça, la première année du Chien, quand je suis restée longtemps à l'hôpital, il venait tous les jours, après l'école. Il me donnait à manger parce que parfois mes mains tremblaient. Il essuyait en pleurant la soupe qui coulait sur mon menton. Je t'ai brûlée ? il demandait, affolé. Mais je ne sentais rien. Ma peau était froide. Il me semblait qu'elle était morte, et c'était sans doute vrai. Alors Léon grimpait sur mon lit, s'asseyait à côté de moi, posait ma tête sur son épaule, l'embrassait pour la réchauffer. Nous avions honte tous les deux. Nous ne parlions jamais de toi. Un jour il m'a dit qu'il te tuerait et ça m'a fait plaisir, ces mots-là. Mon petit criminel de neuf ans. Il m'apportait des livres. Il me les lisait. Je me souviens encore des mots sur lesquels il butait, comme sur des pierres : s'*empressa, dodelinait, fulgurante, élancement.* Je me suis aperçue plus tard que c'était sur les mots d'amour qu'il se cognait, ces mots qui font mal parce qu'ils rendent faible.

Il me racontait dehors. Il me racontait la maison, maman, l'Olive. Il essayait de grandir vite. De devenir un assassin à la main sûre. Il voulait s'inscrire au judo, apprendre à se défendre, à me protéger. Il peignait mes cheveux parfois, et il était fier. Un jour, je lui ai demandé de maquiller mes yeux et il n'a pas osé. Je ne vais pas te crever un œil, en plus ! Et nous étions bien. Il rêvait pour nous deux. Quand tu seras grande, si t'as pas de fiancé, je resterai avec toi, on habitera ensemble. Et le soir tombait et une infirmière entrait, disant qu'il était l'heure de partir. Une nuit, Léon s'est caché dans les toilettes du couloir, et ensuite il est venu s'allonger auprès de moi et on a pleuré. Bien sûr, une infirmière nous a surpris pendant une de ses rondes. Elle nous a regardés quelques instants puis, dans le silence métallique des machines, dans les ombres, elle a dit que nous ressemblions à des anges, et Léon lui a dit non, les anges c'est des enfants morts, et Joséphine, elle est vivante, ma sœur elle est plus forte qu'une balle de revolver.

Quelques mois plus tard, alors que j'étais à nouveau à la maison, nous avons été invités à un anniversaire costumé, Léon m'a dit en riant : avec ta tronche t'as pas besoin de te déguiser. Et j'ai su que c'en était fini de l'insouciance de l'enfance, de la gentillesse.

Cet été-là, l'Olive a rejoint des copains dans le Lubéron, dont un couple avec trois enfants, le dernier de onze ans avait un an de plus que Léon. Alors Léon est parti avec lui. J'ai été (un peu) jalouse. L'Olive avait montré les photos, immense piscine, terrain de tennis, sauna, un million d'oliviers, une rivière pour la pêche et le canoë. C'était la maison d'un ancien patron d'une agence de publicité, je crois. Je suis donc restée seule à Lyon avec maman. Elle essayait de rentrer tôt le soir, pour passer des soirées entre filles, qu'elle disait. Elle les passait plutôt au téléphone. Parfois, elle allait dans sa chambre pour parler. J'étais défigurée mais pas sourde, j'entendais les mots, les syllabes, les épines. Ça me rendait triste. Je pensais au Chien Galeux. Il avait dû se griffer aux mêmes ronces. Peut-être que c'était à cause d'elles qu'il était devenu une Merde Humaine. Je m'étais dit que j'en parlerais au psy. Un soir, maman est sortie de sa chambre, son téléphone à la main, elle avait des perles de transpiration au-dessus de sa lèvre supérieure. J'ai compris après : le plaisir, la jouissance, la culpabilité. On a mangé du melon. Maman disait que ça ne servait à rien de les sentir, qu'un melon ça sentait le melon, que pour savoir s'il était vraiment mûr il fallait appuyer sur le pécou, la petite queue :

si elle se décollait net, le melon était parfait. Elle m'en a appris, des choses :-) À l'hôpital, Geneviève m'avait dit de faire tourner les morceaux de melon dans ma bouche, comme quand on fabrique de la salive, que c'était un bon exercice de latéralité. Je lui avais demandé en rougissant si ce bon exercice de latéralité me servirait pour bien embrasser un garçon un jour. Elle avait souri. Tu m'apprendras ? Oui. Quand tu sauras croquer une noix, Joséphine. Pas demain la veille, ma vieille.

Après le melon, on a regardé un film nul mais maman a surtout regardé ses mails en buvant du rosé. On n'avait pas vraiment parlé. C'était une soirée de connes, pas de filles. Je lui ai dit qu'elle n'était pas obligée d'essayer de rentrer plus tôt. Alors elle a pris mes mains. Pendant une seconde, j'ai cru que j'existais, qu'elle allait me parler. Mais elle s'est juste mise à pleurer.

Le 5 mai de la première année du Chien, la QH (Question Horrible) est revenue. Pourquoi tu as choisi de tirer sur moi en premier ?

21/05

Je suis rentrée à la maison ce midi, en ambulance. Une pourrie. Pas la belle dans laquelle j'étais venue de Paris, la nuit, avec les gyrophares bleus, comme des éclairs. Maman et l'Olive ont accroché une banderole dans l'entrée de l'appartement. *Bienvenue à notre Princesse.* L'Olive a ébouriffé mes cheveux et il est parti. Léon était à l'école. Dans ma chambre, j'ai rangé les souvenirs des infirmières. On a défait la valise avec maman. Après, elle m'a donné un cadeau. Un foulard orange, grand modèle. Je sais très bien pourquoi. Je les déteste, elle et le foulard.

24/05

C'était bien chez le psy aujourd'hui. C'est un vieux qui sent un peu le chien, mais un <u>bon</u> chien. Il a des yeux de cocker, un regard tout triste, avec des petites crottes d'œil. Il me fait de la peine parfois, quand il me regarde. Parce que moi aussi je dois lui en faire avec mes tranches de bacon sur la joue. On a travaillé sur les mots qui pourraient expliquer les choses, expliquer l'indicible (mot numéro 1 qu'il m'a appris). Folie. Dépression. Chagrin. Immense chagrin. Maladie. Mais je trouvais que c'étaient des mots trop normaux. Ce qu'il m'a fait, ce qu'il s'apprêtait à faire à mon petit frère, et puis à lui, ça n'a pas de nom d'après le docteur. Il aurait dû commencer par lui. Je me suis demandé si on pouvait nommer quelque chose qui n'existe pas. Il a trouvé ma remarque intéressante. Il m'a suggéré (mot numéro 2 ; enfin, verbe) de continuer à chercher. Un mot, c'est une clé, et les clés, on allait en avoir besoin, il a dit.

Au début, j'étais triste. Quand je me suis réveillée à l'hôpital. J'avais la tête en feu. Maman pleurait, ses yeux étaient tout rouges, les médecins lui *suggéraient* de sortir de ma chambre. Tout était flou. J'avais tellement mal à la tête. Quelqu'un m'a demandé ce qui s'était passé. Je n'en savais rien. Je dormais, c'est tout. Quand je me suis réveillée, j'ai senti que la moitié de mon visage manquait. Il y avait comme du vent à la place de ma bouche. Je ne pouvais plus parler. Il y avait tellement de sang, les draps étaient trempés, collants. Je me suis levée. J'ai vu le Chien penché sur Léon, avec un revolver. Et c'est tout.

La colère, elle est venue plus tard.

Génial ! J'ai pu avaler du hachis parmentier. Ras le bol des bols de soupe, des glaces, des jus. Tous ces trucs qu'on file aux vieux qui n'ont plus de dents ou qui sont méga-malades, comme mon grand-père. J'ai toujours du mal à déglutir. Parfois, je rêve de mordre dans un steak, même juste de mâchouiller une crêpe jambon fromage. Il était bon le hachis. C'est l'Olive qui l'a préparé. Depuis qu'on est à Lyon, c'est lui qui cuisine, Mâdâme n'a pas le temps, à cause de son grand travail. Lui, il est en free-lance, maintenant. Il a de plus en plus de tatouages sur le corps. Des idéogrammes japonais. Hier, il m'en a montré un nouveau, sur son omoplate, *moduru*, qui signifie revenir, retourner sur ses pas. Il m'a dit que c'est pour ne pas oublier qu'on n'a jamais tout à fait réglé les comptes avec son passé. Je pense qu'il fume trop de pétards, mais il est cool parfois. C'est maman qui ne l'est plus.

Et ce fut le premier été de l'année du Chien. J'étais enfermée à la maison. Il y avait un bout de viande qui n'avait pas bien pris, dans mon cou. Un rejet. Quasimodo, c'était un canon à côté de moi. On m'a donné de la cortisone, et je me suis mise à gonfler. Je faisais des trous dans les yeux des mannequins sur les magazines de ma mère, je noircissais leurs dents avec un Bic, je leur lacérais les joues. Je les haïssais, tu n'as pas idée. Ma main, c'était la tienne, celle qui avait tout détruit. Dehors, dans le parc juste en bas de l'appartement, des filles étaient allongées sur l'herbe. Elles fumaient. Elles sortaient avec des garçons. Elles riaient. Elles étaient toutes belles. J'avais douze ans et demi et j'étais déjà une vieille défigurée qui ne guérirait jamais. J'avais dit au psy que je voulais tuer le Chien, te piquer parce que tu m'avais ratée. Tu avais raté ma mort et je ratais ma vie. Il avait noté ma phrase dans son cahier, je m'étais alors sentie importante. Mais à quoi bon. Dans un mois ça allait être les vacances. Je ne pourrais pas aller au soleil. Je ne pourrais pas me baigner. Je ne pourrais pas aller avec des garçons. Et mes copines jolies avaient déjà chacune une copine moche, comme repoussoir. C'était une fin d'enfance nulle, une éclosion lamentable. Je poussais tordue. Une nuit, on m'a conduite en urgence à l'hôpital, au service des grands brûlés. Ma gueule purulait. Je te passe les détails.

Mais cette fois, ç'a été la bonne. La greffe a pris. J'avais les fesses en peau de zèbre avec tout ce qu'ils avaient enlevé.

Trois fois par semaine, je retrouvais Geneviève à l'hôpital. Je parlais alors encore très lentement, commençais à faire des phrases sans ratés. Tu progresses, m'avait dit Léon un jour, très sérieux. Et ça m'avait donné envie de rire, son air si grave. Rire. Je n'avais plus ri depuis si longtemps, plus ressenti ce vertige-là ; j'avais trop peur de rire à cette époque. Trop peur que ma mâchoire tombe, comme dans les dessins animés. Sauf que le loup de Tex Avery, il avait la gueule qui pendait parce qu'une belle fille passait. Pas moi, la belle fille. Moi, Elephant Woman.

Tu vois, le mal que tu as fait.

Le psy est parti en vacances. Ça faisait tout drôle, sans lui. C'était froid. J'ai noté d'autres mots. Bourreau. Sous-humain. MH (Merde Humaine). Merde de chien. J'y revenais toujours.

Un soir, il m'avait fait rire. J'avais six ou sept ans, maman n'était pas là, on dînait tous les trois, de jambon et de nouilles. Il n'avait pas très bien coupé le jambon, du coup, il y avait eu un morceau que je n'arrivais pas à enfourner en entier, il pendait de ma bouche, tout rose, sur une dizaine de centimètres. Papa m'avait regardée et m'avait dit : Joséphine, rentre ta langue. J'avais mis quelques secondes à comprendre et j'avais éclaté de rire. Ça avait été bien, ce soir-là.

14/08

Aujourd'hui, tante Anna est arrivée de Lille. Elle a passé la journée avec moi. C'était super. Comme elle ne dit qu'un mot sur deux et que moi je parle à l'allure d'un escargot, finalement, on s'est très bien comprises. Elle m'a parlé du Chien, quand ils étaient petits. Comment il l'avait protégée. Le jour où ils avaient voulu aller voir leur mère à Bagnolet. Ma grand-mère. Elle m'a parlé d'elle, c'est une histoire très triste. Elle est morte maintenant, dans la misère, on peut dire. Mais je crois que c'était surtout une misère d'amour. Tante Anna m'a montré une photo d'elle. Pour l'époque, elle était très belle. C'est sûr que la coiffure ça ferait démodé, aujourd'hui. Elle tenait une cigarette comme une actrice. Il y a des vieilles photos de Catherine Deneuve comme ça, où elle tient une cigarette et c'est super-glamour. Je crois que mon grand-père, celui qui a un cancer mainte-nant, elle ne le trouvait pas assez glamour, pas assez Mastroianni. J'ai eu du mal à prononcer le nom. Mastroianni. Et ça nous a fait rire toutes les deux. J'ai fait attention de rire la bouche fermée. J'aime bien tante Anna. C'est dommage qu'elle n'ait pas d'enfants parce qu'elle aurait été une chouette mère. Elle explique bien les choses (bon d'accord, elle prend le temps), contrairement à la mienne. Maman, il faut la comprendre, elle dit toujours que si personne ne la comprend, c'est qu'on n'a pas fait assez attention à elle. Tante Anna m'a dit qu'elle l'avait vu, à l'hôpital de la prison. La MH de Chien. Mais comme je n'ai rien demandé, elle n'a rien ajouté. Le soir, elle m'a emmenée au jardin du Rosaire, pour la procession aux flambeaux, qui monte jusqu'à la basilique ; pas parce qu'elle croit en Dieu ou des trucs comme ça, juste parce que c'est très beau. Avant de sortir, quand j'ai voulu prendre mon horrible foulard orange, elle a retenu mon geste. Je suis donc sortie à poil pour la première fois. Tante Anna a pris ma main. Dans la foule, les gens me regardaient normalement, ils souriaient, je leur souriais aussi. Ça ne me fait plus mal de sourire. Un garçon m'a fait un clin d'œil. Bon, c'est vrai, il regardait mon bon côté. Mais quand même.

Aujourd'hui, 14 août, c'était ma plus belle journée depuis la nuit du Chien.

18/08

Je suis sortie toute seule aujourd'hui, sans foulard, sans pansement. J'ai marché en essayant d'avoir toujours un mur ou quelque chose de mon côté gauche. En fait, les gens ne vous regardent pas trop. En fait, si. Les hommes parfois, les vieux de quarante ans, parce que j'ai un short en jean et des jambes très longues, trop longues, m'a dit ma mère. Elle n'a pas de quoi être jalouse parce qu'elle, elle est plutôt du genre bombe. Elle m'a raconté un jour comment elle avait dragué le Chien. J'aurais bien aimé voir ça. Ma mère en soutif avec ses gros nénés, et l'autre avec son pantalon trop long, dans une cabine d'essayage. Cela dit, elle n'aurait peut-être pas dû faire sa maligne quand on voit le résultat aujourd'hui. Pourtant, elle m'a dit qu'ils s'aimaient, qu'ils s'étaient aimés, qu'avec le temps elle avait découvert qu'il aimait plutôt le calme et elle, plutôt la tempête. Je ne vois pas trop un calme tirer sur sa fille. Demain, je revois le psy. Je suis hyper-contente.

19/08

D'habitude, il était blanc comme un cul. Là, il était tout bronzé. Sauf le petit espace entre ses doigts, qui était resté blanc, c'était super-mignon. On a parlé des mots pour définir le monstre. J'en avais de nouveaux. Sadique. Barbare. EM (Énorme Merde). Chaque fois, il me demandait de les définir. Barbare, par exemple. J'ai dit : qui n'a plus de morale, qui n'appartient plus à la civilisation. Il faisait des petits oui, avec sa tête, il m'encourageait. J'ai continué : qui est retourné à l'état sauvage, à l'état de bête, comme celles qui mangent leurs petits. Il y a des tortues qui font ça, des tortues marines. Des truies aussi, qui dévorent leurs porcelets. Truie, j'aimais bien aussi, comme mot. C'est important de mettre les bons mots. Puis on a parlé de l'apparence. Il m'a demandé comment je me voyais. Dans trois semaines, je retourne à l'école. Il voulait savoir comment je me sentais. Je me suis décrite, c'était très dur parce que avant la Truie j'étais jolie des deux côtés du visage. Maintenant, c'est différent. C'est difficile les mots pour parler de soi. Avant, ma mère et même l'Olive, ils disaient que j'étais jolie, que les garçons se battraient pour moi. On ne parle plus de ça à la maison. On dit que je fais des progrès, que ça s'améliore, que ça se voit moins. Mon cul. On dirait que j'ai un morceau de jambon sur la joue gauche, qui s'étale jusqu'au cou ; j'ai un creux dans la mâchoire, comme si le boxeur au visage tatoué, je ne sais plus son nom, celui qui joue dans *Very Bad Trip*, m'avait cognée de toutes ses forces. Alors l'amélioration, je vois pas trop où ils la voient. Il m'a tendu un miroir. Toujours horrible. Il m'a proposé de sourire, de bien regarder mon sourire et de décrire ce que je voyais. Un sourire, j'ai répondu. Vous êtes sûre ? J'ai bien regardé à nouveau, j'ai souri plus large, totale idiote. Oui, je suis sûre. Vous êtes certaine que ce n'est pas une grimace ? Alors, je l'ai regardé droit dans les yeux ; d'habitude je n'ose pas trop. Et je lui ai dit merci, merci docteur. Parce que même si j'avais encore une demi-gueule dégueulasse, mon sourire était revenu. Il n'était plus tout tordu comme au début, il avait retrouvé ce truc très mignon qu'on voit sur mes photos d'avant, un sourire joli à voir, joli comme un ciel tout bleu, ou une nuit claire. Sans Chien.

29/08

Aujourd'hui, on a fait les courses avec maman. On a trouvé un beau cabas chez Gérard Darel pour mettre mes affaires de classe. L'Olive m'a offert un magnifique stylo plume. Je ne m'en servirai pas, plus personne n'écrit au stylo plume, mais c'est super-gentil de sa part. Là, il vient d'être appelé pour un très gros free-lance pour le lancement d'une voiture. Il part quinze jours à Paris ; peut-être trois semaines. Je parie qu'il reviendra avec un nouveau tatouage. Et peut-être une nouvelle voiture, il a dit en rigolant. Il m'a souhaité bonne chance pour la rentrée, et m'a conseillé de beaucoup sourire. Je flippe. Cette année, je n'ai pratiquement pas eu de cours. Un peu par correspondance, un peu à l'hôpital au début. Donc, je redouble. Et c'est nul. Je vais changer d'école. Si je n'ai pas d'amies, je m'en fous. On a essayé plein de fonds de teint. Il y en a un qui me convient rudement bien. Ça m'a redonné un peu le moral.

Je me souviens de la Réponse n° 1 que j'avais trouvée à la QH (Question Horrible) : Il a tiré à pile ou face.

13/09

Pas mal, le collège. Je me suis installée près des fenêtres, qui sont à gauche. Les profs sont assez cool. Celui d'arts plastiques est super-mignon. Et évidemment, il a une copine super-canon qui vient le chercher en Vespa. On dirait une pub. Je me suis fait une copine. Elle s'appelle Sacha. Elle déteste son prénom parce qu'elle avait un voisin, un méchant, avec un bob Ricard sur la tête, qui avait appelé son chien Sacha, un dogue allemand de la taille d'un petit âne. Et parce qu'elle trouve que ça fait garçon. Je lui ai dit que Joséphine ça faisait franchement nul, style bourgeoise coincée prétentieuse grave. Elle n'était pas d'accord. C'est très chic, elle a dit. Comme toi. C'est à cause de ça, de ce « comme toi » qu'on est devenues amies. Elle est méga-rousse, elle a des millions de confettis orange sur le visage, les bras, les épaules, la poitrine. On a l'impression que si on la secoue fort, ils vont s'envoler, tourbillonner. Ça serait joli. Mais pour elle, c'est très laid. Regarde mes mains, on dirait qu'on y a enfoncé des milliers de clous rouillés. Je l'aime bien parce qu'elle est comme moi. On ne s'aime pas trop comme on est. En même temps, on doit apprendre à s'estimer. C'est ce que me dit le psy. Elle est venue à la maison, aujourd'hui. On a travaillé un peu dans ma chambre. Mais on a surtout écouté *Mardy Bum* en boucle. On a fait la liste des garçons de la classe. Il y en a sept très moches, deux bof bof, un possible, quatre pas mal et un top canon. Mais on ne se fait pas trop d'illusions, elle avec ses clous, moi avec mon jambon.

14/09

Patrick Swayze est mort. Pourquoi c'est pas tombé sur Mel Gibson ?

04/10

Elle m'a posé la question. Évidemment. Je n'ai pas osé lui dire la vérité. C'est dur encore, la vérité. Ça veut dire tellement d'horribles choses : être dévorée par la Truie, étouffée par la Merde Humaine. Ça veut dire qu'on est peut-être une Truie soi-même, ou une Merde Humaine, qu'on ne mérite pas d'amour, ni cet océan de tendresse qui rend toute la vie sublime. Je lui ai dit que j'avais eu un accident de voiture, et pas de ceinture. Que j'étais passée au travers du pare-brise. Elle a eu une petite moue *dubitative*, Sacha.

Dans deux semaines, c'est les vacances de la Toussaint. Elle m'a invitée chez elle. Ses parents ont une maison de famille à Uriage-les-Bains, près de Grenoble. On va faire du thermalisme. Très chic.

10/10

J'ai eu un 17 en dessin ce matin. Il fallait faire son autoportrait dans le style d'un peintre. J'ai choisi Bacon.

29/10

Dinguedinguedingue. La mère de Sacha nous a offert LE forfait *Détente totale*. Trois jours. Bains hydromassants. (J'adore.) Application de boue (bof). Douches au jet. Piscine thermo-forme. Soin des mains. Massage sous eau thermale. J'ai choisi le dos, je n'aime pas qu'on touche mon visage. Piscine thermale. Solarium. Hammam. Salle de repos. On était les plus jeunes, les plus belles. Les vieilles nous regardaient avec envie au début, un chouia de mépris aussi. Et ensuite, avec une certaine compassion, à cause de nos gueules bizarres. Les clous. La charcuterie.

La mère de Sacha est géniale, on parle longtemps ensemble, jusque tard dans la nuit. J'ai l'impression de grandir, d'être une petite adulte avec elle, d'être importante, d'exister comme je suis. Un jour, j'aimerais bien pouvoir parler de ce qui m'est arrivé. Sans avoir peur ni honte. Parce que je devine qu'à un moment ou à un autre, derrière toute cette horreur, au-delà de l'effroi, il y a eu de l'amour.

21/11

Réponse n° 2 à la QH : Il a eu peur, s'il tirait sur Léon en premier, que je me réveille à cause du bruit. Que je le voie faire ça. Que je ne l'aime plus.

Je remplis les vides (suite).

*

Le jour de mes quinze ans, Léon a été renvoyé de l'école pour trois jours. L'Olive était allé le chercher. Ils avaient longtemps marché tous les deux dans le parc. Je les voyais, de la fenêtre ; Léon faisait non de la tête. À un moment il avait voulu s'enfuir, mais l'Olive l'avait rattrapé ; ça ressemblait à une engueulade de père, grands gestes, grosse voix. Je ne me souviens pas que tu nous aies jamais engueulés. Crié dessus. Ou frappés. Tu étais plutôt un calme, comme disait maman, un rentré. Qui intériorise. Ah, le grand mot, il *intériorise*. On parle de ça avec le psy, l'intériorisation, le refus de laisser jaillir ses émotions, la peur de perdre le contrôle. Parce que moi, après ce que tu m'as fait, la colère a mis du temps à sortir. Ça a été d'abord un sentiment de honte. C'était moi la Merde. Quand un père ne veut plus de vous, c'est forcément votre faute. Longtemps j'ai pensé ça : je ne l'ai pas rendu heureux, je l'ai déçu, j'étais moche, je n'avais pas d'humour, pas de grâce, je n'étais pas belle. Je n'avais pas des yeux d'eau. Pourtant les miens sont de la même couleur que les siens. Je ne pensais jamais que c'était lui le problème, parce que justement il était mon père. J'étais allée voir sur Internet, je voulais rencontrer des filles dans ma situation, mais leurs pères (et parfois leurs mères) visaient apparemment mieux que le mien. Il n'y avait aucune survivante. Par contre, je trouvais à la pelle des affaires d'inceste, des pères violents, des mythomanes, des dénis de grossesse. Mais une fille que son père a tuée, zéro.

C'est drôle que j'écrive « survivante » ; c'est la première fois. C'est un mot que je n'arrivais pas à imaginer avant. On en avait parlé en séance. Survivante : qui est restée en vie après un événement qui a fait des victimes, dit le Larousse.

Je suis restée en vie.

Mais c'est si difficile de ne pas savoir pourquoi.

Donc. Léon a été renvoyé le jour de mes quinze ans parce qu'il avait frappé un autre garçon au visage, parce que le garçon en question, à la sortie de l'école, lui avait dit « ton père, c'est une sale pédale ». Et quand, le soir, j'ai déclaré à mon frère que notre père était bien pire que ça, il a secoué la tête. Il a dit : mon vrai père, c'est l'autre.

Plus tard, l'Olive a acheté une moto. Une grosse Triumph. Elle faisait un sacré bruit. Les filles se retournaient dans la rue, les hommes aussi. Il conduisait Léon à l'école avec, et Léon se prenait pour Batman. Quand ils se séparaient, ils cognaient leurs poings, comme les voyous. Pour Noël, Léon a voulu un tatouage. Il avait déjà choisi son idéo-gramme. 不羈独立. Il l'avait agrandi, collé sur le mur de sa chambre. *Fukidokuritsu.* Libre et indépendant. Maman levait les yeux au ciel. Tu rêves, mon pauvre petit garçon, on ne se tatoue pas à douze ans. Presque treize, a répliqué Léon. Il la regardait en coin. Je voyais bien ce qu'il n'osait pas lui dire en face : ta gueule, je fais ce que je veux. Monsieur Faux-Cul. Je pensais qu'il détestait maman à cause de toi. On ne parlait plus jamais de ça entre nous. Plus jamais. Après l'hôpital, avec Léon, on avait demandé à chan-ger de nom, on ne voulait pas être Joséphine Truie, ou Léon Truie.

On avait brûlé toutes les photos où on la voyait, la monstrueuse truie. On avait cassé toutes les choses qu'elle nous avait données, qu'elle avait même juste touchées. On voulait l'effacer. La tuer. On n'a plus jamais dit *papa*. On ne t'a plus jamais nommé. Si on ne parle plus des choses, parfois, elles arrêtent d'exis-ter.

Mais il faut bien que j'en parle maintenant, si je veux exister.

Maman et l'Olive s'engueulaient de plus en plus souvent. À cause de la moto. Parce qu'il rentrait de plus en plus tard. Parce que parfois son blouson puait le parfum, ou ses cheveux la fumée d'une cigarette blonde. Il lui répliquait qu'elle n'avait pas de leçons à donner de ce côté-là. Si tu vois ce que je veux dire, disait-il avec un sourire cruel. Un jour, il a même ajouté : on les connaît, tes cabines d'essayage. Et ce jour-là, elle l'avait giflé. Elle était partie dans sa chambre. La porte avait claqué. Léon s'était précipité vers l'Olive pour lui faire un câlin. L'Olive avait caressé ses cheveux. Prends ton casque camarade moto, il a dit, et ils étaient partis.

C'est ce même jour que Léon s'était fait tatouer. *Fukidokuritsu.* Sur l'épaule, au niveau du deltoïde. Il me l'avait montré en me faisant jurer de ne rien dire à maman. Sinon je te tuerai. On a déjà essayé, j'ai répliqué, ça ne marche pas, je suis immortelle. J'avais bien aimé ça ; cette idée d'être immortelle. J'en avais parlé au psy. On avait tenté de creuser. Immortalité. Bien sûr que j'allais mourir un jour, comme tout le monde. Mais pas cette fois. Si j'étais une survivante, donc vivante, c'est que j'avais peut-être quelque chose à vivre. Une vie à moi, avec une histoire à moi, des gens autour de moi que j'aurais choisis. Que j'aimerais. Qui m'aimeraient, même avec ma tête de jambonneau. Et mon beau sourire, mon sourire qui tue. Je sais bien qu'entre maman et l'Olive ce n'est pas une grande histoire. On en avait parlé avec Sacha et sa mère, une nuit. On avait parlé du désir. Toutes ces choses-là, incandescentes (un mot que je ne connaissais pas encore). Le mal que ça pouvait faire, parfois, le désir. La perte qui s'ensuivait. Parce que personne ne peut être dans le désir permanent. C'est trop lourd, c'est anthropophage. Sacha avait dit qu'elle ne se marierait jamais, qu'elle n'aurait que des amants. Sa mère avait rigolé. Et moi, je leur avais juste avoué que, pour l'instant, mon seul vrai désir, c'était d'avoir mes règles. À quinze ans, je ne les avais toujours pas, parce que quelqu'un avait asséché mon cœur, et m'avait vidée de mon sang. Un Chien Vampire.

25/12

Noël bof. L'Olive et maman ont essayé d'être gentils. Tante Anna et oncle Thomas sont venus de Lille en train. J'ai eu des chaussures de chez Zadig et Voltaire. Daisy, de Marc Jacobs. Un bon d'achat chez H&M (300 €). Amy Winehouse (je l'avais déjà, merci maman). Un kit Bare Minerals. Et une très belle montre ancienne (qui marche), une Reverso. À l'intérieur il y a des initiales qui n'ont rien à voir avec les miennes. Je n'ai même pas regardé les cadeaux qu'a reçus Léon. Je m'en fous. On ne se parle plus depuis sa menace de mort. Je l'appelle toujours monsieur PAL. Pipi Au Lit. Ça le rend hystérique. J'adore. Tante Anna a donné des nouvelles de mon grand-père. Elle a dit on attend. Enfin, elle a dit *on* et son mari *attend*. Oncle Thomas est le seul à la comprendre, avec la MH, et moi un petit peu. Ça peut arriver demain, dans un an, dans deux ans. On attend. Elle a dit que Colette ressemble de plus en plus à quelqu'un qui aurait la maladie de Parkinson. Mais que ce n'était pas ça, que c'était juste sa frayeur d'être abandonnée, de se retrouver seule un matin, qui la faisait gigoter. C'était pénible parce que, lorsqu'elle faisait manger mon grand-père, elle en mettait partout, elle s'excusait, elle avait honte, elle pleurait beaucoup à cause de ça.

Alors tante Anna a payé une dame qui ne tremble pas, qui vient aux heures des repas, qui leur fait un peu de causette, à propos des choses simples : les travaux de la rue de Belfort, le décès de la coiffeuse de la rue des Chaudronniers, un chien écrasé. Elle m'a donné un cadeau de la part de Colette. Une petite bague. Un miniminuscule diamant. Un lien entre nous tous. Même si elle était la femme du père du Monstre, ça m'a fait plaisir, ce lien, l'idée d'avoir une famille. De ne pas être complètement seule, rejetée, assassinée. Les adultes sont restés au salon. Je suis allée écrire ça dans ma chambre, avant d'appeler Sacha.

8/01

Ce matin, maman a parlé de mettre Léon en pension et l'Olive n'était pas d'accord. Elle a dit je suis sa mère, quand même. Et Léon a dit : l'Olive, c'est mon père. Il a même crié en disant ça. Maman a porté sa main à la bouche, comme si elle voulait étouffer un cri, s'empêcher de vomir. Elle a eu l'air très triste soudain. Moi j'ai dit que la pension ça lui ferait du bien à monsieur PAL, qu'il ferait moins le malin. Et l'Olive m'a dit de la fermer.

Je les hais tous. Je les hais tous. Je les hais tous.

8/01 (NUIT)

Réponse n° 3 à la QH : Parce que les filles, ça lui faisait peur.

21/01

On a fait une sorte de jeu avec le psy aujourd'hui. Il m'a demandé de lui décrire la personne que je voudrais être plus tard. Je ne savais pas quoi répondre. Il a attendu.

Et puis j'ai dit : normale. Et il m'a dit : mais vous l'êtes déjà ; vous êtes normale. J'ai dit non. Normale, c'est quand on est aimée.

À la fin du printemps, maman a découvert l'épaule tatouée de monsieur PAL. Elle est devenue folle. Elle a demandé à l'Olive de partir. De quitter la maison. Elle a dit qu'il était irresponsable, qu'elle allait appeler la police. Faire tatouer un enfant ! L'Olive est parti avec sa moto et Léon n'a plus rien fait à l'école. Il a viré odieux, méchant. Parfois, la nuit, maman pleurait. Parfois, la nuit, elle ne dormait pas chez nous – comme avant, du temps de la Truie. Elle revenait le matin avec des croissants, pour faire style « je suis une bonne mère ». Mais je voyais bien ses yeux rouges, sa peau sale, pas démaquillée, grasse. Les nœuds dans ses cheveux, les griffures dans son cou, sur ses mains. Dans son cœur. Je voyais bien sa souffrance. Et je disais au psy que la MH aussi avait dû la voir. On n'échappe pas à la souffrance des autres, elle vous saute au visage. Elle a besoin de vous. Malgré vous. On avait beaucoup parlé de ça. La souffrance, le chagrin, la blessure, les tourments. On faisait des échelles de un à dix, j'essayais de quantifier, d'apprivoiser.

La couleur du jambon sur ma joue s'est éclaircie. Ça commençait à ressembler à une tache de naissance. Truc acceptable. Le creux dans la mâchoire était toujours là. Je mâchais du chewing-gum. Je fumais. Je compensais. Je souriais beaucoup. Un coiffeur m'a trouvé une coupe assez chouette, qui gommait l'infamie de la Merde de Chien. De temps en temps, un garçon me demandait de le retrouver au Starbucks après les cours, pas le top canon, pas encore un des « pas mal » de la classe, mais pas le plus moche, non plus. OK, Joséphine, peut mieux faire.

Je continuais à voir Geneviève deux fois par semaine, et mon élocution, au bout de quatre ans de travail, est devenue tout à fait… « éloquente », elle a dit. Je savais que je ne serais jamais actrice ou speakerine (et tant mieux), mais j'adorais les encouragements de Geneviève. Non, ma vraie souffrance était à l'intérieur. Elle était immense, abyssale, elle me grignotait le ventre le cœur les os. Je n'en pouvais plus. Si elle ne disparaissait pas, c'est moi qui disparaîtrais.

Bien sûr que j'y pensais. Tu crois quoi ? J'allais finir ton boulot de Chien. J'avais même hésité. Du doux, des cachets, par exemple ; ou du fort. J'avais choisi le fort, le violent. Joséphine, fille de monstre. On ne se refait pas. Notre appartement était au septième. Une chute de 21 mètres. J'allais voler. Pendant 2,069 secondes. Je m'écraserais à 73,1 kilomètres/heure. Imagine ma gueule, en bas, sur le trottoir, voilà, c'est comme si j'avais reçu une boule de pétanque de 800 g, à 580 kilomètres/heure. Mieux que ta saloperie de balle de revolver. Bouillie absolue. Plus de jambon. Imparable.

Tu ne savais pas que j'étais forte en physique.

Quand je lui ai raconté ça, le psy m'a dit : d'une certaine manière vous êtes comme *lui*. Une part d'excès. De passion. Je me suis levée d'un bond, j'ai quitté son cabinet de merde, j'ai claqué la porte. Dehors, il pleuvait. Et j'ai pensé que je ne lui avais jamais demandé pourquoi il pleuvait. À mon père.

Sacha est sortie avec un garçon. Un terminale. Ce n'était pas vraiment Camille Lacourt. Mais je ne suis pas vraiment Valérie Bègue non plus, disait-elle. Dix-huit ans, gothique. Discret en semaine. Folklo le week-end : influence indus, lunettes de soudeur. Ça allait bien avec ses clous rouillés. On avait ri comme des baleines. Ça avait duré un mois. Vingt-six jours exactement. Elle l'avait quitté, un peu parce qu'il voulait coucher, mais surtout parce qu'il était déprimant. Mais il embrassait super-bien. Il avait une langue très longue, il pouvait toucher son menton avec. Mais c'était dégueulasse quand il faisait ça, on aurait dit une bite molle. Qu'est-ce qu'on avait ri avec Sacha. Je l'adore. Elle est ma sœur. Je lui ai dit pour Merde Humaine. Ce qu'il m'avait fait. On a pleuré. C'était bien.

Et puis l'Olive est revenu. C'est ma mère qui lui a demandé de revenir. Je crois qu'on lui faisait peur, Léon et moi, les deux enfants de la MH. Elle n'avait pas assez envie d'être une mère pour rester seule avec nous. Elle aimait bien ses trucs de cabines. Séduire, conquérir. Je trouvais qu'elle était très belle, ma mère. Ce qui la rendait encore plus belle, c'est qu'elle était dangereuse. J'aurais bien aimé être comme elle et en même temps non. J'ai une part de calme que j'aime bien. Je sais, monsieur le Psy, je sais. Calme. Son côté à *lui*. Ce qui m'attache à *lui*. Ce qui me rapproche de *lui*.

En attendant, depuis que l'Olive était rentré, Léon était redevenu un chouette petit frère. Il faisait ses devoirs. Il se lavait (parce que, parfois, il puait vraiment). Il se brossait les dents, il mettait du déo, de temps en temps, et il tirait la chasse d'eau. Il m'avait même dit que j'étais pas mal. Pas Eva Mendes, pas Salma Hayek, mais pas mal quand même. La vie à la maison était devenue un rêve. Mdr. Ma mère et l'Olive s'embrassaient la bouche quand on était là. Il lui mettait la main aux fesses, elle se tortillait en riant ; ils jouaient à ceux qui s'aiment et se désirent. Il l'avait emmenée une fois faire de la moto, elle était rentrée hystérique, en parlant comme les bandes-son des films porno. Léon s'était mis à pleurer ; alors l'Olive lui avait dit t'inquiète mon pote, mon camarade moto j'en ai qu'un, et c'est toi. Et ils étaient partis se faire le tunnel de Fourvière à fond.

Sinon, à l'école c'était cool. J'avais de très bonnes notes. J'allais passer en seconde, avec Sacha. Et enfin, c'est arrivé. J'ai saigné.

19/09

Je suis sortie avec un garçon cet été. Mais je ne l'ai pas laissé m'embrasser. Pourtant, avec tout ce que m'a appris Geneviève à l'hôpital, je dois être la Reine du Baiser. On avait tellement parlé de trucs de filles, toutes les deux. Je l'adore. Le garçon, je l'ai laissé me peloter, me mettre un doigt, deux même. Mais la bouche, non. On en a parlé avec le psy. Très freudien, il a dit, amusé. Je lui ai dit que ma bouche était un sanctuaire. Le tabernacle de ma douleur, le lieu de ma mort, la cicatrice de ma renaissance. J'étais un peu grave, je sais, méga-sérieuse, même.

Je me pose plein de questions. En ce moment, je suis remplie de pourquoi. Pourquoi on ne parle jamais de lui, maman, pourquoi il a fait ça, pourquoi vous avez fait des enfants si vous ne vous aimiez pas. Pourquoi moi. Pourquoi le désir ça met toujours le feu et ça finit en cendres. Pourquoi je pleure comme ça pour rien. Pourquoi j'ai honte. Pourquoi cette immense impression de vent. De froid.

Clément. C'était le prénom du garçon. Gentil. Un peu brusque avec ses doigts. *Maladoigt,* elle l'a surnommé, Sacha. Et on a pouffé de rire. Pas très futé quand même, Clément. Cela dit, c'était bien. Pas de prise de tête. Pas de mots d'amour à la con. Juste des mots concrets. Vagin. Verge. Seins. De l'exploration. Et puis il est parti chez sa grand-mère, dans une vieille ferme à Ristolas, à cinq kilomètres d'Aiguilles. Un petit village dans les Alpes. Avec des bêtes. C'est ce qu'il m'a dit. Vaches, chèvres. J'ai alors pensé qu'après m'avoir pelotée pendant quinze jours, il allait les traire. J'étais contente de ne pas l'avoir embrassé. C'est trop sérieux un baiser. Mais cette idée que parfois on est juste comme une vache entre les mains d'un mec, ça m'a écœurée.

20/09

Ma mère et l'Olive sont partis une semaine tous les deux. Hors de question que je m'occupe de monsieur PAL (maintenant il se rase pour faire pousser sa moustache), que je lui fasse à bouffer, nettoie ses crottes, vérifie son cartable le matin. Ou ses devoirs le soir. Je ne suis pas sa bonne. Ni sa mère. Pas cool, a dit l'Olive. Et je ne suis pas son père non plus, j'ai ajouté. C'était tendu. Ils partaient se redonner une chance, ça m'a fait rire : se redonner une chance. Le psy m'a demandé pourquoi ça me faisait rire. Parce que c'est illusoire tant qu'on n'a pas pardonné. Une chance, c'est le cadeau du pardon. Alors on a parlé du pardon et c'était rudement difficile parce que ça soulève des choses tellement lourdes. Qui broient les doigts. J'ai l'impression que ça n'en finira jamais, ce coup de feu, et que le bruit ne s'arrêtera jamais. Toute cette douleur. Il y a certains mots qui me font physiquement mal lorsque j'essaie de les prononcer. Comme pardon, justement.

Pardonner. Caresse. Enfance. Tendresse. Accepter. Papa.

24/10

Réponses n°s 4, 5 et 6 à la QH : Parce que s'il changeait d'avis au dernier moment, il préférait garder Léon auprès de lui. Parce qu'il a pensé que j'avais vécu plus longtemps que mon frère et que mon frère avait droit à un petit rab. Parce qu'il m'aimait trop.

25/10

Aujourd'hui, on a séché les cours pour fêter l'anniversaire de Sacha. Je lui ai offert un très beau manteau, chez Zara. Rouge, boutons noirs, une coupe années 50, à la Audrey Hepburn. Avec ses cheveux de feu, Sacha allume tout. Il y a des types qui l'ont sifflée dans la rue. Des hommes. Des mecs mariés. Des affamés. Ça nous a fait rire. Au Starbucks, un vieux a voulu nous offrir nos cafés et nos muffins myrtilles. On l'a envoyé chier et il nous a traitées de salopes. Les hommes sont loin d'être guéris, dis-moi. Puis on est allées voir *Paperboy*, avec Zac Efron, Matthew McConaughey, Nicole Kidman en chaudasse. Pas mal la scène en prison, où elle se touche. Fin ultra-violente. On a mangé deux tonnes de pop-corn en pouffant (je faisais quand même bien attention à ne pas me décrocher la mâchoire) chaque fois que McConaughey faisait style avec ses abdos. Quand on est sorties du cinéma, il faisait super-beau. On s'est baladées le long de la Saône, quai Joseph-Gillet. Quai Saint-Vincent. C'était une journée étonnante. Juste Sacha et moi. Les clous et le jambon. Hors du temps. On flottait.

2/11

Hier soir, en rangeant des choses, j'ai retrouvé la lettre d'une journaliste, d'il y a deux ans. Elle avait voulu me rencontrer pour écrire un livre avec moi, sur ce qui était arrivé. Ça m'a foutu un cafard noir. Lana Del Rey à fond. *Blue Jean* en boucle.

J'espère que le remords tue.

*

Bien sûr, je revoyais régulièrement les médecins à l'hôpital. Examens, radios, tests. Tout le monde était très satisfait. J'avais demandé, pour la tranche de jambon. Ils n'avaient pas compris tout de suite. L'horreur n'a pas le sens de la dérision. Puis ils avaient voulu être rassurants. Mais il y aura toujours comme une petite tache, Joséphine. Cela étant, avec le temps, la pigmentation se rapprochera de celle du reste de votre peau. Avec le temps. Ça me faisait une belle jambe. Une sale gueule plutôt.

Geneviève m'a appris à chanter. On faisait des vocalises. C'était horrible. Ma voix était épouvantable. Tu avais détruit ça aussi. Elle m'a fait découvrir des cantatrices sur YouTube. Pas très fun. Je lui ai fait écouter *Acceptable in the 80's. Bad Romance.* Elle m'a invitée à la cantine de l'hôpital. Ça m'a fait bizarre de retrouver le goût des choses que j'avais mangées tous les jours pendant six mois. Le dégoût de toi. Avec le psy, je mesurais alors tout le chemin parcouru, tout le chagrin. Chez lui, un jour, je me suis longuement regardée dans le miroir. Admettez-le, a-t-il dit, reconnaissez que vous êtes quand même jolie. Je l'ai reconnu : je suis quand même jolie. Il a soupiré. Enfin, vous grandissez. J'ai souri. Dans la joue gauche, l'horrible, ma petite fossette revenait, tout doucement. Elle reprenait sa place. J'étais hyper-contente. Mes yeux aussi, vert d'eau, comme ceux de la Merde de Chien. Et ceux de mon grand-père je crois, qui a laissé ma grand-mère mourir de misère d'amour. Les gens regardaient toujours mes yeux. J'avais la chance d'être bien faite. Merci, maman. Sauf que j'ai des jambes plus longues qu'elle. Qui affoooooolent, disait (et dit encore) Sacha. J'ai décidé de ne plus me plaindre, de mon visage, en tout cas. En quittant le psy ce jour-là, j'étais bien.

La veille, par contre, grosse engueulade encore entre ma mère et l'Olive. En cas de séparation, Léon avait annoncé qu'il irait vivre avec l'Olive. Camarade moto. Ma mère, ça l'avait rendue dingue qu'il dise ça, elle avait hurlé des trucs du genre tu feras ce que je te dirai de faire, je suis ta mère, c'est moi qui décide. Et lorsque monsieur PAL, l'Imberbe, avait répondu je m'en fous, je fuguerai, je disparaîtrai, ma mère avait envoyé valdinguer un truc dans le mur. Il y avait eu des éclats de verre qui avaient ricoché, et Léon en avait pris sur la figure. Il avait tout de suite saigné, à deux endroits. Quand il a touché sa joue, sa paume était rouge, comme quand on fait de la peinture à la main. Je me suis aussitôt évanouie.

La honte, un peu plus tard. Léon s'est foutu de moi. Tu t'es pissé dessus ! Tu t'es pissé dessus ! Il avait deux petits sparadraps de merde. Un sur le front, l'autre sur la joue. Rien de grave. Juste que le visage ça saigne beaucoup. Le médecin de SOS Médecins m'a donné un truc pour dormir. Tout fut soudain très mou. Le matelas, la couette. J'étais une pierre dans du coton. J'ai entendu la voix de la Truie. Très loin. Très très loin. Oui, oui, ta voix. Elle me lisait *Hansel et Gretel*. Et j'ai sombré.

Ces dernières séances, on a pas mal parlé des souvenirs. Avant que Léon arrive, par exemple. Je m'en souvenais très bien. Avec ma mère, on préparait sa chambre. Elle avait un ventre énorme, des seins énormes. Il y avait une photo où elle montrait ses seins. On avait acheté des peluches. On m'avait laissée les choisir. J'avais fait plein de dessins pour sa chambre. On les avait accrochés avec des petites pinces sur des fils de couleur. Ma mère avait planté des fleurs violettes et roses dans notre jardin. La MH avait pris des photos de nous. Il disait qu'on était belles, qu'on le rendait heureux, qu'il nous remerciait.

Et ?

Je sais que je ne veux pas l'admettre, mais c'était une très belle période de ma vie. Mes parents s'entendaient bien, à ce moment-là. À nouveau, je veux dire. J'étais au milieu d'eux. Je les aimais tous les deux. On devait tous avoir une jolie vie. Et puis voilà.

Voilà quoi ?

Vous le savez très bien.

Il voulait que ce soit moi qui le dise. L'analyse, forcément, avec un grand A. Les mots, il faut qu'ils sortent. Il faut les dégueuler si on veut guérir. Alors, j'ai parlé. J'ai parlé de la journée, juste avant la nuit du Chien.

2/12 (DANS LA NUIT. TOUT LE MONDE DORT)

Il y a des journées parfaites parfois. On ne s'en méfie pas. On les croit normales. Dès que je me suis levée, j'ai senti quelque chose de différent. D'abord la lumière, dehors. Le ciel très bleu. Tout était très net, comme sur une photo. L'air semblait propre, si vous voyez ce que je veux dire. Il était allé chercher des croissants et des pains au lait. Les pains au lait, c'était pour Léon ; il adore ça avec du Nutella. On a pris le petit déjeuner tous les trois. On a ri. On a parlé de ce qu'on avait envie de faire ce jour-là. Il disait : tout ce que vous voudrez. On fera tout ce que vous voudrez. Léon et moi, on ne voulait pas grand-chose. Je veux dire, pas aller au musée ou à Noëtica. Non. On voulait juste profiter de la journée ensemble. Rester là, à la maison. Mettre la musique à fond. Danser. C'est ce qu'on a fait. Je ne l'avais jamais vu danser. Il était drôle. Je lui ai appris un peu de rock. Mais il n'avait pas vraiment le sens du rythme. Ensuite, comme on était en nage, il nous a douchés dans le jardin, avec le tuyau d'arrosage, malgré le froid. On a dit, Léon et moi, que ça serait chouette d'avoir une piscine un jour, et il a dit oui, c'est d'accord, on va installer une piscine. Une vraie ? a demandé Léon. Une vraie. Pas une merde en plastique. Une vraie. Avec un plongeoir. Et de l'eau chaude, a dit Léon. Et on a ri. On a tendu des fils, pour délimiter l'endroit où on voulait la piscine et il a promis que, le lendemain matin, il appellerait une société et que dans trois mois, au printemps, on se baignerait tous. C'était ça cette journée. Des choses comme ça. Des trucs de famille. Des petits rêves qui se construisent. Qui se réalisent. Après, on a tous préparé à manger. J'ai fait une salade, je suis très douée pour les salades. Léon a mis la table. Il a ouvert une bouteille de vin. Il nous en a versé un peu à chacun et on a trinqué à la piscine. Au ciel bleu. À la santé de notre grand-père, pour que son cancer s'en aille. À Colette, pour qu'elle ne tremble plus. À maman, pour qu'elle revienne un jour. Il nous a demandé pardon pour toutes les fois où il n'avait pas été un père génial. Léon s'est levé et lui a fait un câlin en lui disant qu'il était un père génial.

Réponse n° 7 à la QH : Parce que je ne lui ai pas dit qu'il était génial.

Il a été très ému par le câlin de Léon. Il s'est frotté les yeux. Il a dit qu'il nous aimait, qu'il allait bientôt retrouver un travail, que tout allait s'arranger. On s'est régalés – je dois reconnaître que la salade était super-réussie. Léon lui a demandé s'il pouvait s'inscrire au judo. Il n'a pas été très chaud, mais il a accepté et aussitôt Léon s'est levé de table pour faire ses mouvements ridicules de bagarre, comme son cher Jason Bourne. Je lui ai parlé de l'école, de ce que j'aurais envie de faire plus tard. Styliste. Ou parfumeur. J'avais lu un livre de celui qui fabriquait presque tous les parfums d'Hermès. J'avais adoré. J'avais aimé ce langage, ces mots qui sentent, ces phrases silencieuses et si précises qu'ils laissent derrière eux. Il m'a écoutée longtemps et je me suis sentie bien. Grande. Fière aussi, qu'il me consacre tant de temps. Léon s'était installé devant une vidéo. Nous étions restés à table. Il m'a demandé de lui décrire le parfum que je créerais. C'était difficile comme question. Nougat. Malabar. Un peu de réglisse. Un peu de jacinthe (c'est le nom des fleurs que maman avait plantées dans notre jardin). Avec de l'enfance dedans, j'ai dit. Il a trouvé ça très beau. Il a fermé les yeux, comme s'il cherchait à sentir, à s'imprégner du parfum que je venais de créer. Il a caressé ma joue. Il m'a souri. Il a dit tu garderas toujours ta merveilleuse part d'enfance, Joséphine, crois-moi. Et je l'ai cru. J'ai adoré croire mon père à cet instant-là. Je sais. Le psy m'a fait la remarque : c'est la première fois que vous dites mon père depuis qu'on se voit.

Mon père. Drôles de syllabes soudain, qui brûlent ma bouche, transpercent ma peau, comme des aiguilles. Et en même temps, elles sont chaudes, ces syllabes. Elles sont confortables.

On a fait la vaisselle tous ensemble puis il nous a emmenés chez Montois, pour le dessert. Il nous a expliqué pourquoi les têtes-de-nègre étaient devenues Othello, mais que ce n'était pas en changeant le nom d'un gâteau qu'on allait rendre les gens plus tolérants, plus doux, plus généreux. Il nous a dit que c'était dur les rendez-vous à l'agence de chômage, que parfois les mots volaient et que, lorsqu'ils retombaient, ils blessaient des gens. Il nous a raconté qu'une femme s'était effondrée quand on lui avait annoncé qu'elle n'avait plus droit à rien. C'étaient des mots meurtriers, ça : droit à rien. Il nous parlait comme à des grandes personnes. Léon et moi, on se sentait importants. C'était génial. On lui posait plein de questions et il répondait. Un moment, il a dit qu'il y avait une question qu'on ne lui avait jamais posée et qu'il aurait adoré qu'on lui pose. Laquelle, papa ? Pourquoi il pleut. Et Léon a répondu : parce qu'ils l'ont annoncé à la météo ; et on a ri. Mais j'ai bien vu une lueur de tristesse passer dans les yeux de mon père. Quand on est rentrés, on a joué au Monopoly. Une partie dingue. Je perdais. Comme il faisait la banque, il me passait des billets de cinq cents sous la table. On avait super-peur que Léon nous voie. C'était notre secret cet après-midi-là, ces petits billets caca d'oie sous la table. Notre dernier immense secret.

Pizza, le soir. *Die Hard 1* pour Léon. Pour la centième fois. *LOL* pour moi. Pour la millième fois. Tous les trois dans le canapé. On a mangé des M&M's. Après, il nous a demandé de filer à la salle de bains. De bien nous brosser les dents. C'est important les dents, ça ne repousse pas. La figure. Les mains. Les oreilles. Attention, je viendrai vérifier dans vos lits. On criait, on riait. On avait été des grandes personnes, et des enfants, dans la même journée. On avait eu notre père rien qu'à nous. On allait construire une piscine dans le jardin. Il allait trouver un nouveau travail. Peut-être que le cancer de grand-père guérirait. C'était la journée la plus réussie de notre vie. Il y en avait eu une autre avant, mais c'était avec maman en plus. Celle-là avait été la journée la plus réussie de notre vie avec papa. Merde. Je l'ai écrit. Mais c'est vrai : ce jour-là, c'était le plus chouette papa du monde. Il nous a lu *Hansel et Gretel* dans notre lit. C'était le livre qu'il lisait toujours à tante Anna quand ils étaient petits, et tante Anna, la couverture remontée jusqu'au nez, chuchotait : *parle doucement, mots me peur*.

On a fait des câlins. Plein de câlins. Puis il a répété qu'il nous aimait, qu'il nous aimait plus que tout, qu'il était temps de dormir maintenant, qu'il y avait école demain, que ce serait une grosse journée.

Et la nuit est venue.

19/05

Sacha et moi, on passe en première. Haut la main. 16,2 (elle) et 15,8 (moi) de moyenne. La revanche du jambon et des clous. On est les plus fortes. On est les plus belles. Nos mères sont hystériques. Elles nous emmènent faire du shopping. *Unlimited shopping les filles !*

Pas d'extase. *Unlimited*, ça veut dire quatre cents euros. Max. Mais quand même.

Et puis on a prévenu ma mère que tu étais sorti. Pendant quelques secondes, elle est restée pétrifiée. On a dû l'asseoir, la rassurer. Il ne reviendra plus, madame, il ne demandera rien. Même pas à nous voir ? Ne vous inquiétez pas. On a été gentil avec elle. Une femme lui a donné un cachet. Ça vous détendra. On n'a rien à craindre alors ? a demandé ma mère. Rien. Il a dit qu'il allait disparaître et que vous n'entendriez plus jamais parler de lui. Il a demandé pardon, mais il sait qu'il ne l'obtiendra pas. Alors maintenant c'est comme s'il était mort, a dit ma mère. Et Léon a crâné en disant que si tu revenais, il te tuerait, et l'Olive a ajouté, et moi je t'aiderai, camarade moto. Et ils ont fait leurs trucs nuls avec les poings.

Ce jour-là, trois ans après la nuit du Chien, ce lundi 7 juin 2010, j'ai dit, sans que ma mâchoire me fasse souffrir, sans que les mots trébuchent dans ma bouche, sans tristesse, sans rien qui soit douleur, j'ai dit *papa est parti*, comme j'aurais dit la tempête est finie, le feu est éteint ou, c'est prêt, on peut passer à table.

Et il m'a semblé que mille tonnes de miasmes et de sang se détachaient soudain de mes épaules, de mes hanches, glissaient le long de mes si longues jambes. Et j'ai laissé mes règles couler, abondantes, chaudes, poisseuses. Ma mère s'est approchée, m'a prise dans ses bras. Elle tremblait. Le sang de mon ventre a mouillé ses pieds avant d'être bu par le tapis du salon. Elle pleurait. Je souriais. Ma fossette a souri. Je me suis sentie légère. Lavée. Vivante.

*

C'était comme si tu étais mort.

21/05

Ce matin, j'ai dix-sept ans. Ce matin, mon grand-père est mort. Super-cadeau, a dit Sacha. Je pars pour Lille tout à l'heure. Trois heures de train. Direct. Tu n'es pas obligée d'y aller, a dit ma mère. Sauf que j'ai envie. Elle, elle ne vient pas, Léon non plus, il a déclaré qu'il s'en foutait, que ce n'était pas son grand-père, que son vrai grand-père, c'était le père de l'Olive. Que le père d'un assassin, ça ne méritait pas qu'on se déplace.

22/05

Je suis chez tante Anna. Dans une très jolie chambre, qui donne sur un jardin. Une petite maison, dans le vieux Lille. On est allées à Cambrai tôt ce matin, chez Colette. Elle était assise, elle ne tremblait plus. À l'instant même où mon grand-père était mort, ses mains étaient tombées sur ses genoux, comme deux fruits pourris. Ses lèvres avaient cessé de ruminer et s'étaient rejointes. Sa tête avait basculé doucement sur le côté, avait cessé de gigoter. En une heure, ses cheveux avaient terminé de blanchir. Comme un petit voile de mariée. J'ai alors pensé que ce qui la faisait trembler, c'était la vie de mon grand-père qui soufflait en elle ; et désormais, il n'y avait plus de souffle, juste de la résignation. Un chagrin immobile. Lourd comme des pierres. Elle m'a prise dans ses bras inertes. J'y suis restée longtemps. Peu après, elle nous a dit que les dernières semaines avaient été épouvantables, il n'arrivait même plus à manger les quartiers de clémentines ; elle les pressait alors au-dessus de sa bouche, le jus coulait sur ses lèvres, sur son menton, sa langue n'avait plus la force de les laper. Il ne pesait plus rien. L'impondérable poids des regrets. Que regrette-t-on de ne pas avoir assez aimé, quand on s'en va ? Il ne la reconnaissait plus. Ses yeux ne s'ouvraient plus, mais continuaient de pleurer. Pleurait-il ce qu'avait fait mon père ? Ces dernières semaines, Colette avait tremblé comme jamais. Violemment, avec des gestes d'ouragan, comme si elle avait cherché à alimenter une dynamo qui aurait maintenu une étincelle de vie chez mon grand-père. Ses gesticulations avaient fait beaucoup de dégâts dans la maison. Tante Anna et moi avons passé la matinée à faire le ménage, à nettoyer la crasse des morts lentes, à ramasser les débris d'une vie, les souvenirs. Dans le désordre, j'ai trouvé une carte postale de mon père, datant de l'été 1983. Tante Anna et lui étaient en colonie à l'Alpe-d'Huez.

Il avait treize ans. « Je te demande pardon d'être méchant avec toi, avait-il écrit à Colette, je vais essayer de faire des efforts. Mais ne crois pas que tu es ma mère, ni celle de ma sœur. » Je n'avais jamais envisagé que mon père ait pu avoir treize ans, qu'il ait eu cette enfance-là, une petite sœur morte, une autre qui parlait à moitié, une maman partie, disparue. Et Colette, au cœur de sa colère, Colette, dans sa souffrance déjà, de n'être qu'au milieu des choses.

Ce soir, tante Anna nous a tous emmenés au restaurant. Oncle Thomas nous a rejoints. Colette n'a pas avalé grand-chose, elle pleurait beaucoup, elle cachait son visage dans la serviette. J'ai eu de la peine, parce qu'elle est gentille. Elle avait été là pour Léon, comme une maman. Elle était venue tout de suite, la nuit horrible. Quand on m'avait emmenée en urgence à l'hôpital, quand ma mère était en train de coucher avec un type à Nice ou à Paris, quand nos vies ont basculé.

Il est tard, mais je vais quand même appeler Sacha. Parce que là, tout de suite, je me sens moyen.

23/05

Je suis repassée devant notre ancienne maison tout à l'heure. Les nouveaux habitants ont mis des fleurs aux fenêtres du premier. Tu ne vas pas le croire Sacha, ce sont des jacinthes. Les souvenirs ont affleuré. Mon père. Ma mère. Nous tous. Des morceaux d'enfance. Comme les petites pièces d'un puzzle. On ne voyait jamais quelle image ça donnerait à la fin, mais on avait envie de la voir. On grandissait pour ça, on voulait grandir vite. Je me suis dit que le bonheur on ne le sait qu'après ; on ne sait jamais qu'on est en train de le vivre, contrairement à la douleur. Depuis que je suis ici, chez tante Anna, j'ai envie de bonheur pour moi. De paix. C'est flippant. J'ai appelé le psy cet après-midi, pour parler de ça. Ce besoin inattendu de retrouver ma famille, ma place. C'est bien, il a dit, vous voulez exister pour ce que vous êtes. Pas pour ce que vous avez vécu. Enfin. Ce que j'ai vécu, comme il dit, ça entraîne toujours de la compassion, de la peine, du dégoût, du mépris. Je me souviens de ce con en classe, l'année dernière, qui m'avait appelée Photoshop. Je n'avais rien dit. La connerie, ça ne se soigne pas d'une réplique. D'ailleurs, ça ne se soigne pas. J'ai demandé à tante Anna si elle savait où était mon père. Elle a eu l'air surpris. Pourquoi ?

Pour que tu lui dises que son père est mort.

23/05 (23 h 20)

Je me demande s'il va être triste. Je ne sais pas si moi je serais triste. Demain, c'est l'enterrement.

Il a fait super-beau. C'est peut-être pour ça qu'il y avait du monde. Plein de veuves, de vieilles filles, m'a dit tante Anna. Des clientes de Raismes, de Jenlain, de Saint-Aubert, du temps où mon grand-père était un chimiste parfait, le *monsieur de ces dames*. Je n'imagine pas, après l'avoir vu mort, tout grignoté et aspiré de l'intérieur, qu'il ait pu avoir ce charme-là, qu'il ait pu susciter autant de soupirs. Pourquoi ma grand-mère était-elle si triste au point de le quitter ? Au point d'abandonner ses enfants ? Quelques personnes ont dit de gentilles choses sur lui. Colette a voulu lire un passage du *Petit Prince*, mais elle pleurait trop. Les larmes ont noyé ses mots. Après, il y a eu un vin d'honneur dans le café près de la droguerie où il travaillait, et où il aimait aller, de temps en temps. Kir, pain surprise, macarons. Les enterrements donnent faim, le vide donne faim. J'ai reconnu quelques personnes. Des silhouettes déformées. Et soudain, la sienne. Un choc. Il avait pris vingt kilos. FFF. Il avait été l'ami d'enfance de mon père, son meilleur ami, même. Il nous avait fait quelques cadeaux. Il avait dit qu'il serait toujours là pour nous. Il mentait, comme tous les adultes. Je l'ai fixé, jusqu'à ce que nos regards se croisent. Il ne s'est pas vraiment précipité vers moi, il a plutôt cherché à m'éviter, je sais bien pourquoi. Je suis allée le voir quand même. Il y a eu un grand blanc. Il a bu deux kirs coup sur coup. Cul sec. Sa femme l'a regardé d'un air méchant. Puis il m'a demandé pardon. À moi. Je te demande pardon, Joséphine, pardon d'avoir lâché ton père après ce qu'il avait fait, de ne pas avoir été son ami, son vrai ami jusqu'au bout, de ne pas avoir cherché à prendre de tes nouvelles. Il a dit qu'il avait honte. Sept ans de honte, sept ans de malheurs. J'ai eu peur. J'ai la nausée chaque matin. Je chie du sang. Mes doigts se raidissent, je ne peux plus serrer une main. Ma trahison me tue, petite, l'amitié, ça devait servir les jours de colère, les jours de folie. De coups de sang. Les jours où la vie fait tempête. Il me manque, ton salaud de père. Sa lâcheté me manque. Elle n'était qu'un amour immense et timide de la vie. Je picole trop depuis cette nuit affreuse. Dès le matin je pense à lui, et j'essaie de le noyer. Je m'empoisonne. Je me tue lentement. Je ne me pardonne pas, Joséphine, et tu as le droit de me mépriser, de me cracher au visage. Je ne suis pas un mec très bien. Plutôt une merde.

Ses yeux brillaient. L'émotion, le kir, la honte. Mauvais mélange.

T'es une merde, FFF, et j'ai craché sur lui. Sa femme a pris son bras, tiré dessus, comme sur la laisse d'un chien. Au passage, il a attrapé un autre verre sur une table, l'a porté à ses lèvres. Elle l'a frappé. Le verre s'est cassé, le kir a giclé. Petit sang translucide par terre. FFF m'a regardée, les yeux perdus, tandis que sa femme le poussait dehors, sur le trottoir où il s'est effondré. Le remords le bouffait. C'était son cancer à lui. Et j'ai pensé : tant mieux, qu'il crève.

Je suis dingue d'avoir souhaité la mort d'un homme.
20 h 10. Trop tard pour appeler le psy.

24/05 (PLUS TARD)

On s'est retrouvées à la cuisine, tante Anna et moi.
Oncle Thomas dormait. Nous, on n'y arrivait pas. Elle
a ouvert une bouteille de vin, sorti du fromage, on a
toasté le pain qui restait du matin. On a parlé de plein
de choses. Un peu laborieux, mais on avait tout notre
temps. Et puis je l'adore. Je ne parle plus comme ça
avec ma mère depuis des années. D'ailleurs, elle ne
nous parle plus trop, elle part de plus en plus souvent pour son travail, elle reste parfois plusieurs jours
à l'étranger. C'est l'Olive qui s'occupe de Léon. Il lui
a appris à conduire la moto. Même à faire de la roue
arrière. C'est nul. Un truc à avoir un accident et finir
en chaise. Ils me disent de m'occuper des mes oignons
et ça finit toujours en engueulade. Ils sont cons à deux.
J'ai hâte d'avoir le bac l'année prochaine et de me
barrer d'ici. On a parlé de plein de choses avec tante
Anna. Elle a des beaux souvenirs avec son frère. J'ai
du mal à croire qu'elle parle de mon père. Qu'il a été
comme ça : un frère cool, super-présent, attentionné
avec elle. Elle m'a raconté qu'un jour il lui avait acheté
plein de Malabar en pensant que, si elle les mâchait, ça
musclerait sa bouche et donnerait aux mots manquants
la force de revenir. À la colo, il exigeait de rester avec
elle la nuit, parce qu'elle avait peur. Et il pouvait lui lire

Hansel et Gretel sans qu'on se moque d'eux. Quand elle avait rencontré Thomas, ils ne s'étaient plus quittés tous les trois. Elle l'a vu à l'hôpital psychiatrique, il y a cinq ans, quand on est partis vivre à Lyon. Lorsqu'elle lui a annoncé, pour ma QH, il a pleuré. Et elle lui a même dit que Léon et moi on avait tout brûlé de lui, jusqu'à son nom. Après ça, il avait refusé de voir qui que ce soit, et ça avait été le silence entre eux.

Dehors, c'était le matin, on bâillait. Alors elle m'a donné une enveloppe. C'était pour mon anniversaire. C'étaient les deux seules choses qui restaient chez leur mère, à mon père et elle.

C'est un cadeau qui dit que le bonheur existe, Joséphine, qu'il a forcément existé quelque part.

Dans l'enveloppe, il y avait deux photos. Sur la première, on voit deux petites jumelles dans des robes roses, elles sont pâles, elles sont belles. Elles sont dans un jardin, elles rient. Elles semblent immortelles. Derrière elles, il y a des jacinthes de la couleur de leurs robes. Sur la seconde, une Photomaton, un petit garçon de six ans, les cheveux bien peignés, une chemise blanche, col boutonné. C'était pour son dossier d'inscription au club de judo, m'a expliqué tante Anna, mais il n'y est pas resté. Il me disait que le jour de cette photo avait été le plus beau jour de sa vie.

Après, il était allé avec leur mère au cinéma, ils avaient mangé des cônes glacés.

Ce jour-là, sa mère lui avait tenu la main le temps d'un film. Le plus beau jour de la vie de mon père.

Je rentre demain.

On est en Espagne depuis quatre semaines, Sacha et moi. On fête notre bac français. (Elle, 16,1. Moi, 15,9. Moi, trop nulle.) Après la terminale, Sacha a décidé de faire des maths et moi de la chimie. Comme mon grand-père. Mais, contrairement à lui, je voudrais laisser des traces, pas les enlever. J'aimerais créer des parfums, un jour.

Ici, on danse parfois toute la nuit. Sacha sort avec beaucoup de garçons. Elle s'en fout. Elle a toujours dit qu'elle n'aurait que des amants. Moi, c'est plus compliqué. Les garçons ne comprennent pas que je ne veuille pas embrasser. Quand ils insistent, je dis que je fais une *philematophobie*. Ils doivent penser à une MST. Ça les fait fuir, les pauvres chéris. Mais hier, non seulement un garçon connaissait le mot, mais il a précisé : c'est parce que tous tes mots d'enfant ne sont pas sortis. Ça m'a tuée. Beau mec, en plus.

Et un matin du septième hiver, tante Anna m'a téléphoné. Elle avait reçu une lettre de toi. Tu étais au Mexique. Sur la côte ouest, apparemment. Les mots ne disaient pas grand-chose, juste que tu n'étais peut-être pas mort. Une nouvelle vie. Un nouvel ami. Je n'ai pas pu penser à autre chose de la journée. Le soir, le psy m'a trouvée nerveuse, pâle. Il a eu peur. Je lui ai dit que j'avais la nausée. Il m'avait demandé si c'était le fait de te savoir vivant, quelque part. J'ai répondu non. Il a insisté. Non, non, non, j'ai répété. C'est quoi alors ? C'est quoi ? Et je me suis effondrée. Des tonnes de larmes. Niagara Joséphine. Je ne pouvais plus m'arrêter. J'ai bouffé sa boîte de Kleenex en deux minutes. Il m'a tendu le pan de sa chemise, et ça m'a fait rire, au milieu des hoquets. Je me suis un peu calmée. J'en ai d'autres, il a ajouté. J'ai tout plein de chemises. Ça m'a fait pleurer de nouveau. Des trombes d'eau. La fille nulle.

Alors il m'a dit cette chose très belle, qui ne s'effacera jamais. Une naissance, c'est toujours plein d'eau, plein de larmes. Bienvenue, Joséphine. Bienvenue.

22/12

L'avion est dans deux heures. Je suis assise au milieu de gens qui partent en vacances, au soleil. Des gens pâles comme des culs. Ils parlent sans arrêt. Des excités. On dirait que le silence les effraie. Moi, je veux du silence, je veux du vent, des bruits de vague, de la chaleur. Bien sûr que maman a pété un câble lorsque je lui ai dit que je partais. Elle avait prévu un truc avec l'Olive pour Noël, quelque chose en famille. Tu parles. Vous aviez peut-être prévu de ne pas vous séparer ce Noël-ci, d'attendre au moins le Nouvel An. On n'est pas une famille, maman, il n'y a que Léon pour le croire. Et encore. Sans toi. Sa famille, c'est l'Olive. Camarade moto. *Give me five*. Un jour, après les tatouages, ils partageront des filles. *Toriwakeru* (partager, se servir). Il décroche de l'école, et tu ne le vois pas. Il perd les douceurs de l'enfance, il a une tête de petit vieux, ton fils. Tu n'as regardé que toi cette dernière année. Tes petites rides près des yeux, chaque seconde. Le petit renflement au bas de ton ventre. Une demi-taille de pantalon, puis une taille de plus. Le temps te rendait dingue. Le temps qui passe et qui gâche. J'ai voulu te parler de moi, du temps qui passe et qui répare. Mais ça ne t'intéressait pas. Tu n'as pas vu mes progrès. Tu n'as pas vu que le jambon s'estompait, que la couleur virait escalope de dinde poêlée et se rapprochait de mon joli teint, que ma fossette était revenue. Tu ne m'as pas dit que j'étais à nouveau (presque) jolie. Tu me demandais comment je te trouvais, toi, tu demandais à Léon comment il te trouvait, toi. Je te disais qu'avec de telles questions tu finirais par devenir une de ces femmes que les hommes conquièrent d'un simple regard, puis qu'ils abandonnent aux aubes. Je te disais que ta beauté finirait par se dissoudre dans la facilité. Je t'ai toujours trouvée très belle, maman, quand tu n'y faisais pas attention. Quand ta beauté était un cadeau. Tante Anna m'a parlé de toi, de papa, lorsque vous étiez ensemble. Vos débuts flamboyants. Ma naissance. Et puis tes doutes. Tu voulais partir déjà, tu n'étais pas sûre de l'aimer toujours. De nous aimer toujours. Tu sais qu'on peut partir en restant ? Tu es la championne du monde de ça. J'ai eu du chagrin. On pousse tordu sans l'amour d'une maman. On grandit de traviole.

22/12 (PLUS TARD)

Je raccroche avec Sacha. Elle est à Uriage avec ses parents. Ils installent le sapin, les décorations. Elle a horreur de ça. C'est mes boules que j'accroche, elle a dit. On a ri. J'aime bien son rire. On nous appelle.

22/12 (DANS L'AVION)

Films bof. Bouffe bof bof. Au moins, je n'ai pas une dondon à côté de moi, ou un connard. J'ai un couple de vieux. Ils se tiennent la main. Ils ne se parlent pas. Je crois qu'ils prient. Elle lui a coupé son blanc de poulet tout à l'heure, elle a trié les petits pois et les petits morceaux d'ail. Il mâche lentement. Parfois, elle lui essuie les lèvres. Elle lui donne des cachets toutes les deux heures, il a toujours un peu de mal à les avaler. Elle l'aide à pencher la tête en arrière, à faire couler l'eau, glisser les pilules. Ils ne regardent pas de films. Ils ne lisent pas. Ils ne se parlent pas. Ils se tiennent juste la main. Un jour, je tiendrai la main de quelqu'un comme ça, et je n'aurai plus jamais peur. Un jour. On a beaucoup parlé avec le psy de ce voyage. Il pense que je suis prête. Pourtant, j'ai peur. Et en même temps, je suis incroyablement heureuse d'avoir eu l'audace de l'entreprendre. Et si ? Il m'a dit de ne pas me poser de questions, que j'avais déjà choisi la réponse en partant. Le voyage compte plus que la destination.

Mais je crois que le pire, ça serait de ne pas être reconnue. D'être une inconnue. Ça se dit *desconocido*, en espagnol. Il a alors eu un geste incroyable. Il a caressé mon visage, le côté gauche. Il a dit : ça n'arrivera pas, Joséphine.

Je ne sais pas pourquoi, mais je l'ai cru.

22/12 (DANS L'AVION, APRÈS UNE SIESTE)

Neuf heures de vol déjà. Encore un peu moins de quatre heures. C'est long. On n'arrête pas de manger. J'ai regardé un James Bond. Avec Eva Green. Elle ressemble à Sacha (ou le contraire). Un truc dans le sourire, carnassier et tendre. Super-sexy. À côté, ils se tiennent toujours la main. Lui s'est endormi, sa tête sur son épaule. Elle n'ose pas bouger d'un poil, de peur de le réveiller. Tout à l'heure, j'ai écouté un programme de chansons. Il y en avait une vieille, que je ne connaissais pas. Une chanteuse. Les paroles, ça disait, genre : *Parlez-moi de lui/Comment va sa vie ?/Est-il heureux enfin*[1] *?* Niagara Joséphine *again*. L'horreur. La dame m'a tendu un mouchoir en lin, lentement, parce qu'il dormait toujours. Et elle m'a souri et son sourire était incroyablement humain.

---

1. *Parlez-moi de lui*. Paroles : Jean-Pierre Lang. Musique : Hubert Giraud, Jean-Pierre Lang, 1973.

J'ai dormi dix heures d'affilée en arrivant à l'hôtel. Nuit profonde, moelleuse. Sans rêves. Sans ombres. On devrait toujours avoir des nuits comme ça. Demain, premier Noël toute seule. Il y a de la musique. Des sculptures de Sainte Vierge, partout. Des bougies dans des verres, qui dessinent des chemins d'âmes.

Dans sa lettre, il avait écrit à tante Anna qu'il s'était fait un ami ici. Pascual. Je l'ai appelé à l'hôtel où ils travaillent tous les deux. Le *Desconocido*. Mais aujourd'hui, il n'y est pas. Pascual m'a dit que tu étais sans doute sur la plage, à Mayto, malgré le vent, parce qu'il faisait si beau. Une température de 20°. Une journée de décembre parfaite. Un cadeau de Noël.

Il s'installe toujours aux alentours de l'hôtel, a précisé Pascual. Le seul hôtel du coin, vous ne pouvez pas le rater, *señorita.*

Je suis dans le bus. Je tiens mon cahier dans les mains, l'odyssée de ma vie assassinée. Mes mains tremblent, comme celles de Colette. Sans doute à cause de la route en tôle ondulée. Mais surtout à cause de ma peur, je crois. Non, pas ma peur. Ma joie.

Je crois que je tremble de joie.

Le bus s'arrête pour moi. Le chauffeur m'indique la plage, en contrebas. Il y a du vent. Les vagues sont hautes. Violentes. Il n'y a pas de surfeurs. L'endroit est presque désert. Je marche lentement. Mes pieds nus s'enfoncent dans la tiédeur du sable. Quelques gamins, là-bas. Qui jouent avec des gourdins et des chiens. Je distingue l'hôtel, sur la gauche. Il semble fermé, presque abandonné. Un couple marche, à la lisière moussue de l'océan. Ils font un petit bond de côté parfois, quand les rouleaux d'eau menacent. Je les regarde. Surtout lui. Mais non. Pas toi. Là-bas, ils sont trois, assis face au tumulte des vagues. Un homme, une femme et un enfant. Mes larmes affleurent aussitôt. Je reconnais ce cou. Ce dos. Cette silhouette assise. Il avait la même lorsqu'il s'asseyait sur mon lit, le soir. Lorsqu'il mettait ses jambes en tailleur, pour me lire *Hansel et Gretel*. Je voudrais crier. Je voudrais courir. Mais ma main étouffe ma bouche. Mes pieds ne m'obéissent pas. Ils poursuivent leur marche tranquille, ils me conduisent vers eux, vers lui.

Ils ne se parlent pas. L'enfant tient un ballon de football contre son cœur. Les cheveux de la femme fouettent les joues de mon père. Je suis à moins de cinq mètres derrière eux. Le vent tait ma présence. Deux pas encore. L'enfant regarde les nuages, puis mon père.

Pourquoi il pleut, Antonio ?

Et je suis là. Auprès d'eux. Je viens m'asseoir à côté de mon père. Il ne sursaute pas. Il tourne son visage vers moi. Il est beau. Il me sourit. Le temps a passé. Sa main vient se poser sur mon épaule. Ses doigts la pressent doucement. Il pleure. Il ne me laissera plus m'envoler.

Puis il raconte Ranginui. Il raconte Papatūānuku. Il raconte la mère terre. Il raconte le père ciel. Il raconte nos larmes.

Alors, finalement, nos vies valurent la peine.

Postface

Ce livre était paru depuis une semaine lorsque je suis arrivé à Morges (Suisse), pour Le livre sur les quais.

Outre la beauté du lac et un ciel d'un bleu de carte postale, m'attendaient déjà quelques lectrices : je m'installai rapidement derrière la table, derrière mes livres ; accueillis la première d'entre elles.

Elle avait déjà lu *On ne voyait que le bonheur*.

Je lui demandai ce qu'elle en avait pensé. Elle me dit qu'elle avait pleuré. Beaucoup pleuré. Alors, une petite voix derrière elle se fit entendre, un peu inquiète.

— Ah, c'est un livre triste ?

— Non, répondit ma première lectrice. J'ai pleuré parce que... parce que...

Derrière elle, la femme à la petite voix tendit le cou. De mon côté, du regard, j'encourageai les mots.

— Parce que... parce que...

Ma lectrice inspira plus fort. Les mots sortirent, dans un souffle. S'envolèrent.

— Parce que j'étais vivante.

Ils me bouleversèrent, ces mots.

Ils me bouleversent encore aujourd'hui. Parce que ce livre avait commencé à s'écrire, malgré moi, le jour où l'on m'avait annoncé la mort à venir de mon père. Comme pour Antoine, on me l'a annoncée par téléphone. Ça allait être long, douloureux, incertain. Et comme pour Antoine, je me suis alors demandé à quoi allait servir ce temps d'incertitude. Ce temps, soudain, où il semble curieux, impossible même, de dire « à demain » ; où l'on mesure déjà tout ce que les mots n'ont pas dit, tous les regrets, tous les câlins qu'on ne s'est pas donnés, toutes les fois où l'on aurait dû se dire qu'on s'aimait, que l'autre était important – ou peut-être pas, mais se le dire ; se donner ces choses-là, qui font la certitude d'une vie, la grâce d'être un père et un fils.

Je me suis alors demandé à quoi allait servir ce temps terrible à faire son deuil de quelqu'un de vivant.

Et Antoine a poussé.

Et ses doutes et ses manques et ses joies ont jailli et ce livre est né. Il est l'histoire à jamais inachevée d'un homme et de son fils, d'un père et d'un enfant. Il est l'odyssée de ces chagrins qui s'écrasent un jour au rocher d'une vie qu'on n'aime plus.

D'une vie qui ne vous aime plus.

Il est, ce livre, un lien d'amour vers tous ceux qui, comme dans *Hansel et Gretel*, *Le Petit Poucet*, comme dans mille faits divers, entraînent dans leur peine ceux qu'ils aiment le plus. Pour les garder auprès d'eux. Dans l'amour. Mais l'amour peut tuer.

Le livre s'écrivait à travers moi.

Le jour, je travaillais pour mes clients. La nuit, je fonçais sur l'autoroute A1, vers lui. Vers cette chance qui nous était soudain offerte de nous parler. De nous pardonner. De nous retrouver. Mais Dieu comme les mots sont difficiles parfois. Comme certaines questions sont dures parce que les réponses terrifient avant même d'être avouées.

Si tout s'expliquait, il n'y aurait plus de mystère. Et ce sont ces mystères-là qui font la vie même. Qui font la violence des livres.

Et puis ton corps lâchait prise. Le mal bouffait. Son appétit gagnait.

Alors, l'exil. Le moment où l'on sort de soi pour être un autre. J'ai sans doute voulu te donner une nouvelle chance. Là-bas, au Mexique. Te donner un autre fils. Une autre femme. Une histoire d'amour possible. Lente, terriblement lente, mais possible.

Je voulais croire que le mal qu'on fait parfois ne nous ressemble pas. Qu'il y a toujours de nous quelque chose de beau ; de possible justement.

Alors je t'ai laissé avec eux, sur cette plage de Mayto, lorsque Arginaldo te demande pourquoi il pleut. Je t'ai laissé partir.

Mais tu n'es pas mort.

Et je n'avais plus de forces. Et ce livre que je ne voulais pas écrire ruait, beuglait, voulait s'envoler.

C'est alors qu'elle a reposé les deux premières parties et qu'elle m'a dit :

— Tu n'as pas le droit de laisser tomber Joséphine.

Elle, c'est Dana. Joséphine, c'est moi. Joséphine est tous les enfants à qui on n'a jamais dit qu'on les aimait, et qui grandissent de travers. Ces enfants qui ont le pouvoir de pardonner. Parce que c'est toujours de cela qu'il s'agit, non ? Donner à ceux qui viennent le pouvoir de changer ce qui vient. Alors, j'ai été Joséphine. J'ai été ces enfants à qui l'on a fait du mal et qui pensent que la vie, quoi qu'il arrive, vaut le coup.

Les coups.

Le 7 mai 2014, j'ai fini cette troisième partie. Définitivement terminé ce livre. Il était environ dix heures du matin. Moins d'une heure après, j'apprenais ta mort.

Ce livre, c'est ton livre. Il ne raconte pas notre histoire. Pas nos vies. Il raconte juste l'amour. Ses effrois. Ses immenses frayeurs. Sa magnifique beauté.

Je suis vivant ; comme la lectrice de Morges. Je suis resté vivant. Merci papa.

PS. *Lorsque j'ai raconté l'histoire de ce livre à mon fils, il m'a dit :*

« Tu aurais dû écrire deux mille pages, il aurait tenu plus longtemps. »

REMERCIEMENTS

Karina Hocine, Isabelle Laffont, Laurent Laffont, Anne Pidoux, Emmanuelle Allibert, Philippe Dorey, Claire Silve, Eva Bredin, Marie Bulher, Muriel Gandy, Sophie Starkman, Gilles Laslier, et la belle équipe de représentants Lattès.

Merci à Véronique Cardi, Audrey Petit, Anne Bouissy, Sylvie Navellou et toute la bande épatante du Livre de Poche.

Un immense merci aux lecteurs. C'est vous qui faites des livres des belles histoires ; vous qui avez toujours le dernier mot, et bien souvent, il est plutôt joli.

Merci à ma fille Grâce, la bien nommée, qui m'a permis d'apprivoiser Joséphine.

À Dana enfin, qui chaque jour, me fait le cadeau d'un lendemain.

Du même auteur
aux éditions Lattès :

L'ÉCRIVAIN DE LA FAMILLE, 2011.
LA LISTE DE MES ENVIES, 2012.
LA PREMIÈRE CHOSE QU'ON REGARDE, 2013.
LES QUATRE SAISONS DE L'ÉTÉ, 2015.

PAPIER À BASE DE
FIBRES CERTIFIÉES

Le Livre de Poche s'engage pour
l'environnement en réduisant
l'empreinte carbone de ses livres.
Celle de cet exemplaire est de :
300 g éq. CO_2
Rendez-vous sur
www.livredepoche-durable.fr

Composition réalisée par NORD COMPO

Achevé d'imprimer en août 2015 en France par
CPI BRODARD ET TAUPIN
La Flèche (Sarthe)
N° d'impression : 3012661
Dépôt légal 1re publication : septembre 2015
LIBRAIRIE GÉNÉRALE FRANÇAISE
31, rue de Fleurus – 75278 Paris Cedex 06

71/0008/0